"全悦读"丛书

注音释义　名师点拨　精批详注

诗经选译

李乡状　主编　"全悦读"丛书编委会　编

> 掩卷之余，满室留香
> 一颗疏淡的心，一种恬静的意

— 林非倾情作序推荐 —

陕西师范大学出版总社

图书代号　WX17N0768

图书在版编目(CIP)数据

诗经选译／"全悦读"丛书编委会编.—西安:陕西师范大学出版总社有限公司,2018.1(2023.12重印)
("全悦读"丛书／李乡状主编)
ISBN 978-7-5613-9309-3

Ⅰ.①诗…　Ⅱ.①全…　Ⅲ.①《诗经》—译文　Ⅳ.①I222.2

中国国家版本馆 CIP 数据核字(2023)第 225673 号

诗经选译
SHIJING XUANYI

"全悦读"丛书编委会　编

责任编辑／	李　岩
责任校对／	王宁宁
排版制作／	北京文贤阁图书有限公司
出版发行／	陕西师范大学出版总社
	(西安市长安南路 199 号　邮编 710062)
网　　址／	http://www.snupg.com
印　　刷／	陕西思维印务有限公司
开　　本／	720 mm×1020 mm　1/16
印　　张／	13
字　　数／	240 千
版　　次／	2018 年 1 月第 1 版
印　　次／	2023 年 12 月第 3 次印刷
书　　号／	ISBN 978-7-5613-9309-3
定　　价／	42.80 元

名人推荐

林 非

林非,著名学者、散文家,中国社会科学院研究生院教授、博士、研究生导师,历任中国散文学会会长、中国鲁迅研究会会长。

著有《鲁迅前期思想发展史略》《现代六十九家散文札记》《中国现代散文史稿》《文学研究入门》《鲁迅和中国文化》《离别》等;迄今共出版30余部著作;主编《中国散文大词典》《中国当代散文大系》等。

名师编写团队

郑晓龙	首都师大附中语文特级教师
蔡　可	北京大学文学博士，首都师范大学教育学院副教授
李春颖	首都师范大学语文教学教研室主任
徐　震	中央戏剧学院文学博士，首都师范大学文学院副教授
杨　霞	中国人民大学文学博士，首都师范大学新闻传播学系图书出版方向负责人
张四海	北京大学文学博士，首都师范大学文学院讲师
陈　虹	上海中学教学处主任，语文特级教师
李乡状	吉林摄影出版社副编审
李文铮	洛阳市第二外国语学校语文特级教师
赵景瑞	北京东城区教育研究中心副主任，特级教师

序言 Preface

读到生命的最后一天（代序）

天下的书籍确实是谁也无法读完的，我准备充分利用自己的余生，再读一些能够启迪思想和陶冶情操的书。

这几年出版的书实在太多了，用迅速浏览的速度都看不过来，某些书籍受到了人们的冷落，某些书籍赢得了人们的喝彩，似乎都显得有些偶然。不过在这种偶然性的背后，最终都表现出了时代思潮的复杂趋向，而并不完全由这些书籍本身的质量和写作技巧所决定。

近几年来，我围绕启蒙主义和现代观念的问题写了一些论文，目的是想引起共鸣或争论，以后还愿意在思想和文化这方面继续做些研究，因此想围绕这样的研究和写作任务，读一些过去没有很好注意的书，以便增加新的知识，更好地开阔视野，从纵横这两个方面，认认真真地去思考一些问题。譬如像黄宗羲的《明夷待访录》，我曾读过多遍，向来都是惊讶和叹服于他的平等观念与民主思想。为什么300多年前的明清之际，在古老的专制王朝统治的躯壳中间，会萌生出如此符合于现代生活秩序的思想见解来呢？这是一个孤立和偶然的思想高峰，还是从当时资本主义萌芽和不断滋长的土壤中间，必然会产生出来的呢？

如果想一想徐渭、李贽、袁宏道、汤显祖和徐光启这些杰出的名字，又应该得到什么样的结论呢？而他们与莎士比亚、塞万提斯和伽利略，又几乎是在同一个时代出现的，这里究竟有多少属于历史与未来的必然性呢？我想再好好地研究一番，力图做出比较满意的回答来。

如果生活在今天的人们，都能够达到300多年前黄宗羲那样伟大思想家的境界，中国这一片辽阔的土地上，将会出现多少光辉灿烂的奇迹啊！可是为什么经过了300多年的漫长岁月，在今天生活里的绝大多数人，还远远没有达到他那样的思想境界呢？这难道不让人感到十分地丧气吗？

郁达夫说过："没有伟大的人物出现的民族，是世界上最可怜的生物之群；有了伟大的人物，而不知拥护、爱戴、崇仰的国家，是没有希望的奴隶之邦。"（《怀鲁迅》）这是说得很沉痛和感人的。

思考民族的前程、人类的未来，这很像听贝多芬的《第九交响曲》那样，常常会使自己激动不已，然而这就得广泛和深入地读书，否则是无法使自己的思考向前迈步，变得十分丰满和明朗起来的。我读了丘吉尔、戴高乐、阿登纳和赫鲁晓夫这些外国政治家写的回忆录，读了德热拉斯的《与斯大林的谈话》和《新阶级》，对于自己认识整个的当今世界，是起了很大作用的，我还想继续读一些这方面的书籍。

陶冶情操的音乐和美术论著，我已经读了不少，自然也得继续看下去。

我想读的书是无穷无尽的，只要还活着，我就会高高兴兴地读下去，自然在翻阅有些悲悼人类不幸命运的著作时，也会变得异常忧伤和痛苦，不过这是毫不可怕的，克服忧伤和痛苦的过程，不就是人生最大的欢乐吗？要想在社会中坚强地奋斗下去，就应该有这种心理上的充分准备。我会这样读下去的，读到生命的最后一天。

林非

2016年12月21日

（有删节）

名师导航

作品速览

《诗经》是我国古代诗歌发展的开端,也是历史上最早的一部诗歌总集。它在内容上可以分为三个部分,即《风》《雅》《颂》,其中收录的作品都是从西周初年到春秋中叶的诗歌,有三百多首。这本《诗经选译》里,我们从《风》中精选了其中比较典型的一些诗歌供大家赏读,如:描写男女爱情的诗歌《关雎》,记叙妇女们采摘的劳动歌谣《芣苢》,反映农民对统治阶级残酷剥削极度不满的《硕鼠》,还有水上怀人的《蒹葭》。从《雅》中精选了颇具代表性的作品,如:一首君王宴请群臣时在宴会上唱的歌、是一首宴飨诗《鹿鸣》,还有征夫怨恨行役的诗歌《何草不黄》,以及属于周部族多篇开国史诗之一的颂诗《皇矣》——该诗歌颂了周太王、太伯、王季的美德,另外还有讽刺周幽王任用奸佞小人而致使国家灾祸不断的怨刺诗《节南山》。我们还从《颂》中选了一首反映春季祈求谷物丰收的诗作《噫嘻》,以及《诗经》中农事诗的代表作《载芟》和《良耜》,二者一前一后、相映成趣,堪称姊妹篇。《诗经选译》艺术语言颇具特色,内容十分广泛,可称得上是反映周代时期社会生活的一面明镜。

人物小站

卫宣公

卫国第十五任国君，姓姬，名晋，继位之前称公子晋，是卫庄公的儿子。卫宣公曾与父亲的姬妾私通并育有一子，名曰公子伋。后公子伋娶妻，卫宣公竟因为迷恋公子伋未婚妻的美貌而自己将其抢来，再另外为公子伋娶别的女子。这一丑闻被人们耻笑，甚至还有人作了一首诗来讽刺他，这首诗便是《诗经》中的《新台》。

许穆夫人

《诗经》中的《载驰》这首诗的作者。春秋时期卫国朝歌人，姓姬，卫昭伯和宣姜的女儿。长大之后嫁给了许国的许穆公，因此被称为许穆夫人。她是我国文学史上有记载的第一位爱国女诗人，也是世界文学史上最早的爱国女诗人。她的诗作在世界文学史上享有盛名。

庄姜

最早出现在《诗经》之中的一位美人。她不仅长得漂亮而且很有才华，宋人朱熹在《监本诗经》中认为庄姜是中国历史上第一位女诗人。庄姜是春秋时期齐国的公主，因此姜为齐国皇族的姓氏，但后来她嫁给了卫国君主卫庄公，故人称庄姜。

周幽王

西周第十二任君主，姓姬，名宫涅，周宣王和姜后所生。他贪婪腐败，不理国事，还任用虢石父等奸佞小人，导致社会矛盾激化，政局不稳。《节南山》就是讽刺他任用奸臣的诗作。《十月之交》则讽刺了他昏庸无道而导致灾害异事不断发生。

文王姬昌

周朝的奠基人，季历的儿子，周太王的孙子，岐周人。他在位共五十年，是我国历史上的一代明君。《文王》就是歌颂其功绩的一首诗歌。

公刘

帝喾之子，姓姬，名刘，"公"为古代的尊称。他是古代周部族的杰出首领，周文王的祖先。他爱好农耕，熟悉各种农作物的生长特点，当时许多百姓都向他学习。尧帝知道后便封他为农师，主管农业。《公刘》这首诗作记述他迁豳以后开创基业的史实。

目录 CONTENTS

风

关　雎 / 1	凯　风 / 22	相　鼠 / 41
卷　耳 / 4	雄　雉 / 23	载　驰 / 42
螽　斯 / 6	匏有苦叶 / 24	考　槃 / 44
桃　夭 / 7	谷　风 / 25	硕　人 / 46
芣　苢 / 8	式　微 / 28	氓 / 49
汉　广 / 10	泉　水 / 30	伯　兮 / 52
采　蘩 / 12	北　门 / 31	木　瓜 / 54
摽有梅 / 13	北　风 / 32	黍　离 / 55
柏　舟 / 14	静　女 / 34	君子于役 / 57
绿　衣 / 16	新　台 / 36	采　葛 / 59
燕　燕 / 17	二子乘舟 / 37	女曰鸡鸣 / 60
日　月 / 19	柏　舟 / 38	褰　裳 / 62
击　鼓 / 20	蝃　蝀 / 40	丰 / 63

1

目录 CONTENTS

风　雨 / 64	杕　杜 / 89	月　出 / 110
子　衿 / 66	鸨　羽 / 90	株　林 / 112
出其东门 / 68	葛　生 / 92	泽　陂 / 113
溱　洧 / 69	采　苓 / 94	羔　裘 / 114
鸡　鸣 / 71	小　戎 / 95	素　冠 / 116
东方未明 / 72	蒹　葭 / 97	隰有苌楚 / 117
南　山 / 73	黄　鸟 / 100	匪　风 / 118
葛　屦 / 76	晨　风 / 102	蜉　蝣 / 119
园有桃 / 78	无　衣 / 103	候　人 / 120
伐　檀 / 79	宛　丘 / 105	鸤　鸠 / 122
硕　鼠 / 82	东门之枌 / 106	七　月 / 123
蟋　蟀 / 85	衡　门 / 107	东　山 / 128
山有枢 / 86	东门之池 / 108	破　斧 / 131
椒　聊 / 88	东门之杨 / 109	伐　柯 / 132

CONTENTS 目录

雅

鹿　鸣 / 135
四　牡 / 137
常　棣 / 138
采　薇 / 141
黄　鸟 / 144
节 南 山 / 146
正　月 / 149
十月之交 / 152
何草不黄 / 155
文　王 / 157
大　明 / 161
绵 / 165
皇　矣 / 170
生　民 / 176
公　刘 / 182

颂

臣　工 / 188
噫　嘻 / 190
良　耜 / 191

风

名师导读

《风》是《诗经》的一部分，其中包括：《周南》《召南》《邶风》《鄘风》《卫风》《王风》《郑风》《齐风》《魏风》《唐风》《秦风》《陈风》《桧风》《曹风》《豳风》，共"十五国风"，"风"的意思是土风、风谣。这些诗作都是我国古代劳动人民智慧的结晶，其中的艺术语言各具特色，各有意境，值得我们细细品读。

关 雎

关关①雎鸠②，在河之洲。窈窕③淑女，君子好逑④。

参差⑤荇菜，左右流⑥之。窈窕淑女，寤寐⑦求之。

求之不得，寤寐思服⑧。悠哉悠哉⑨，辗转反侧。

参差荇菜，左右采之。窈窕淑女，琴瑟友⑩之。

参差荇菜，左右芼⑪之。窈窕淑女，钟鼓乐⑫之。

名师释疑

琴瑟：这里是名词动用，弹琴鼓瑟。

荇（xìng）菜：一种水生植物，叶圆形，根长在水底，叶浮于水面，可食。

【注释】

①关关：拟声词，雌雄水鸟的叫声。　②雎鸠（jū jiū）：一种有定偶的忠贞的水鸟。　③窈窕（yǎo tiǎo）：

娴静美丽的样子。美心曰窈，美貌曰窕。　④好逑（hǎo qiú）：好的配偶。逑，配偶。　⑤参差（cēn cī）：高低、长短不齐的样子。　⑥流：同"摎"，求取。　⑦寤寐（wù mèi）：醒和睡，指日夜。　⑧思服：思念。　⑨悠哉：悠，思念。哉，语气助词，表示感叹，相当于"啊"。　⑩友：动词，亲近。　⑪芼（mào）：采摘。　⑫乐（lè）：使动用法，使……快乐。

【翻译】

雎鸠关关相对唱，在那河中小岛上。美丽娴静的好姑娘，该是那君子的好配偶。长短不齐的荇菜，从左从右把它采。美丽娴静的好姑娘，我日日夜夜想追求她。追求她啊难如愿，醒着梦着总挂念。思念她啊思念她，翻来覆去难成眠。长短不齐的荇菜，从左从右把它采。美丽娴静的好姑娘，多想弹琴鼓瑟亲近她。长短不齐的荇菜，从左从右把它采。美丽娴静的好姑娘，多想敲钟打鼓迎娶她。

【点评】

《关雎》是诗经的第一首，而《诗经》是中国韵文的源头，是中国诗史的光辉起点。所以《关雎》有很高的文学地位。

这首诗讲一个男子在河边遇到一个采摘荇菜的姑娘，并为姑娘的勤劳、美貌和娴静而动心，随之引起了强烈的爱慕之情，在梦里也会梦见那位姑娘的一系列追求过程，充分表现了古代劳动人民内心对美好爱情的向往和追求，突出表达了青年男女健康、

名师指津
运用环境描写，营造出一种悠闲、恬淡的氛围。

真挚的内心情感。

《关雎》来自民间的歌谣，生动活泼，意思单纯。《关雎》不是实写，而是虚写。其中，"窈窕淑女，君子好逑"写出了美丽而有品行的女子，受到君子的追求，重点描写了"君子好逑"的内涵。辗转反侧和琴瑟、钟鼓，都是空中设想，空处传情。《关雎》恬静温和，有首有尾，描绘了一个崇高的思之境。

全诗分为五章，每四句为一章。第一章雎鸠和鸣于河之洲上，用了兴的手法，用雎鸠表示淑女和君子感情专一，天作之合。这一章，以舒缓平正之音，领起全篇，形成全诗的基调。"窈窕淑女，君子好逑"是主旨句，统领着整首诗。

第二章的"参差荇菜"承"关关雎鸠"而来，即景生情，以洲上生长之物代指美好的女子。"求"字是全诗的中心，整首诗都在表现男子对女子的追求过程，即从深切的思慕到实现结婚的愿望。

第三章抒发求之而不得的忧思。喜欢一个女子而夜不能寐、寝食难安，整日精神恍惚，若有所思。这是全诗的关键，最能体现这首诗的精神。这种对思念情人的心思的描写，可谓"哀而不伤"，正是这种刻骨铭心的思念，才能体现对女子的喜爱，所谓爱之深，思之切。

第四、五章写幻想求而得之的喜悦。"琴瑟友之""钟鼓乐之"，都是作者在想既得之后的情景。曰"友"，曰"乐"，用字自有轻重、深浅不同，写出了高兴满意而又不涉于侈靡，所谓"乐而不淫"。

卷　耳①

采采卷耳，不盈②顷筐。嗟③我④怀人⑤，寘⑥彼周行⑦。

陟⑧彼崔嵬⑨，我马虺隤⑩。我姑⑪酌彼金罍⑫，维以不永怀⑬。

陟彼高冈，我马玄黄⑭。我姑酌彼兕觥⑮，维以不永伤。

陟彼砠⑯矣，我马瘏⑰矣。我仆痡⑱矣，云何吁矣！

> **名师释疑**
> 维：发语词，无实际意义。

【注释】

①卷耳：植物名，一种野菜，嫩苗可食用，也可入药。　②盈：满。　③嗟：语气助词。　④我：女子自称。　⑤怀人：怀念的人。　⑥寘：同"置"，置身。　⑦周行（háng）：周的行列。行，军队。　⑧陟（zhì）：登。　⑨崔嵬（cuī wéi）：有石的土山。　⑩虺隤（huī tuí）：马疲劳生病。　⑪姑：姑且。　⑫金罍（léi）：青铜酒器。　⑬永怀：长久思念。　⑭玄黄：马生病的样子。　⑮兕觥（sì gōng）：犀牛角做的酒器。　⑯砠（jū）：有土的石山。　⑰瘏（tú）：过度疲劳而致病。　⑱痡（pū）：人太疲劳而不能走路前进。

【翻译】

采呀采呀采卷耳，卷耳未满一浅筐。一心想念我夫君，置身那周军中。上那高高的土山，我的马儿腿发软。且把酒杯来斟满，宽慰自己不思念。登上那高高的山冈，我的马儿生了病。且把酒杯来斟满，宽慰自己不悲伤。登上那高高的石山，我的马儿病倒了。我的仆人难赶路，这份忧愁何时了！

> **名师指津**
> 体现了妻子对远在周军中的丈夫的思念和牵挂。

【点评】

这是一篇抒发怀人情感的名作。此篇开启了我国诗歌长河中蔚为壮观的一支——"怀人诗"的先河。

《卷耳》全篇共四章，第一章是站在妻子的立场上写：由于思念征战的丈夫忘了劳作，卷耳采了好久却未满一浅筐；后三章则是以思家念归的备受旅途辛劳的男子的口吻来写的。男女主人公各自的内心独白在同一场景同一时段中展开，将两人"思怀"的内心感受交融合一。女子的独白呼唤着远行的男子，"不盈顷筐"，备受辛苦的男子满怀愁思同时出现，他正行进在崔嵬的山间。将许久未见之人的思念之情表达得淋漓尽致。

诗人善于用优美自然的语言来描写实景，用以衬托情感。用"崔嵬""高冈""砠"等词语来描摹山的险阻，将旅途的艰难直接反映出来。旅途的痛苦，通过对马的神情的刻画间接表现出来：如用"虺隤""玄黄""瘏矣"等词语。而描摹山、刻画马都意在衬托出行者怀人思归的惆怅。"我姑酌彼金罍"、"我姑酌彼兕觥"，以酒浇愁，便是正面对这种悲愁的心态予以提示。

全诗的最后"云何吁矣！"是一种自问自答，这既是对前两章"不永怀""不永伤"的承接，也是以"吁"一字对全诗进行的总结，点明"愁"的主题，堪称诗眼。

名师指津

末章以语气词快速结尾，用"云何吁矣"更体现了男子在竭力控制自己的言语，疲劳使他精疲力竭，扑倒在地。他发出这样的感叹，是他的思念还未散去，他以为，此时此刻两人之间缄默到连语言都可以舍弃。

螽 斯①

螽斯羽,诜诜②兮。宜尔子孙,振振③兮。

螽斯羽,薨薨④兮。宜尔子孙,绳绳⑤兮。

螽斯羽,揖揖⑥兮。宜尔子孙,蛰蛰⑦兮。

【注释】

①螽(zhōng)斯:蝗一类虫的统称,多子,即蝈蝈。②诜(shēn)诜:众多。 ③振振:仁厚的样子。 ④薨(hōng)薨:象声词,众虫齐飞的声音。 ⑤绳(mǐn)绳:小心谨慎的样子。 ⑥揖(yī)揖:众多的样子。⑦蛰(zhé)蛰:众多的样子。

【翻译】

蝈蝈展翅膀,飞来一大群。你们多子又多孙,个个仁义又厚道。蝈蝈展翅膀,声音嗡嗡嗡。你们多子又多孙,个个小心又谨慎。蝈蝈展翅膀,群集在一方。你们多子又多孙,家大业大人丁旺。

【点评】

这是一首有关多子多孙的祝福诗。

诗歌以"螽斯"作比、起兴,寄情于物,因为这类昆虫生殖能力旺盛,产子极多。同时,也可以推断诗歌的作者、他祝福的人对蝈蝈这类生物的习性很了解,都应当是普通的农民。诗人还祝愿对方子孙都具有美好的品德,诸如仁厚、谨慎,这样他们不仅可以延续祖宗的优良血统，还可以延续他们的优良品德，光宗耀祖。这都是先民最朴素、最美好的愿望。

》名师释疑《

光宗耀祖：为宗族争光，使祖先显耀。

华夏民族一直喜欢"多子多福"，他们把子孙当作生命的延续，家族兴旺的标志。所以，便有了这首祝福别人多子多福的歌。上古时代，是农业文明时代，需要多生孩子来增加家庭的劳动力，尤其是儿子。此外，由于生存环境恶劣，人们的寿命普遍不长，所以渴望"多子"，并与"多福"联系起来。

桃 夭

桃之夭夭①，灼灼②其华③。之子④于归⑤，宜其室家。

桃之夭夭，有蕡⑥其实。之子于归，宜其家室。

桃之夭夭，其叶蓁蓁⑦。之子于归，宜其家人。

【注释】

①夭夭：茂盛的样子。　②灼灼：鲜花盛开的样子。　③华：同"花"。　④之子：这个女孩子。　⑤于归：出嫁。古代把丈夫的家看作女子的归宿，所以把女子出嫁称为"归"。　⑥蕡（fén）：大。　⑦蓁（zhēn）蓁：茂盛的样子。

【翻译】

桃花盛开，花朵鲜艳。姑娘就要出嫁，定能使家庭美满。桃花盛开，果实累累。姑娘就要出嫁，定能使家庭幸福。桃花盛开，枝叶繁茂。姑娘就要出嫁，定能使家庭和睦。

【点评】

　　这是一首简单朴实的歌,唱出了女子出嫁时对婚姻生活的希望和憧憬。

　　诗歌用比喻塑造的形象十分生动。拿鲜艳的桃花,比喻美丽的少女。一个像桃花一样鲜艳,像小桃树一样充满青春气息的少女形象浮现眼前,尤其是"灼灼"二字,给人以照眼欲明的感觉。此外,短短的四字句,"桃之夭夭,灼灼其华。之子于归,宜其室家",细细吟咏,字里行间充溢一种喜气洋洋、让人快乐的气氛。"桃之夭夭,其叶蓁蓁。之子于归,宜其家人"反映的是人民群众对生活的热爱,对幸福、和美的家庭的追求。同时,这首诗还反映了一个姑娘不仅要有艳如桃花的外貌,还要有"宜室""宜家"的内在美的思想。

　　此篇看似只变换了几个字,反复咏唱,实际上作者是通过头一章写"花",二章写"实",三章写"叶",利用桃树的三变,表达了三层不同的意思。写花,是形容新娘子的美丽;写实,写叶,密密麻麻的桃子,郁郁葱葱的桃叶,一派兴旺景象表达的是诗人对快乐生活的向往之情。

名师指津
全诗以桃花和果实为主线,用桃树的枝叶茂盛、果实累累来比喻婚姻生活的幸福美满。

芣 苢①

采采芣苢,薄言②采之。采采芣苢,薄言有③之。

采采芣苢,薄言掇④之。采采芣苢,薄言捋⑤之。

采采芣苢,薄言袺⑥之。采采芣苢,薄言襭⑦之。

【注释】

①芣苢（fú yǐ）：车前草，植物，可入药。　②薄言：动词词头。　③有：采取。　④掇（duō）：拾取。　⑤捋（luō）：顺着枝条用手抹下来。　⑥袺（jié）：用衣襟包着东西。　⑦襭（xié）：翻转衣襟插于腰带来包东西。

【翻译】

采呀采呀采芣苢，急忙把它采下来。采呀采呀采芣苢，赶紧把它取下来。采呀采呀采芣苢，迅速把它拾起来。采呀采呀采芣苢，赶快把它捋下来。采呀采呀采芣苢，赶紧快些包着它。采呀采呀采芣苢，快些把它带回家。

【点评】

这是一首描写妇女们采摘芣苢的劳动歌谣，全诗洋溢着欢愉之情。

清人方玉润在《诗经原始》中说："读者试平心静气涵泳此诗，恍听田家妇女，三三五五，于平原绣野、风和日丽中，群歌互答，余音袅袅，若远若近，忽断忽续，不知其情之何以移，而神之何以旷。"他的赏析精准至极。

诗歌采用重章叠句的手法，全篇共三章相叠，在不同的诗章里又叠用相同的诗句，"采采芣苢"四字的反复叠用，这种巧妙的复沓结构，使诗歌反复咏唱，易于流传，节奏轻盈舒缓，不乏余音袅袅之效，尽显其音乐之美感，是一首对劳动人民热爱劳动

【名师释疑】

涵泳：是一个书面语词汇，为古代文论术语，指对文学艺术鉴赏的一种态度和方法，指赏鉴时应该沉潜其中，反复玩味和推敲，以获其中之味。

的赞歌。

《诗经》作为一部现实主义诗歌总集,关注的是现实,用以抒发现实生活触发的真情实感。本诗大量运用了赋、比、兴的手法,开启了我国古代诗歌创作的基本手法。《芣苢》全篇以赋为主要手法,几个简单的动作:"采""有""掇""捋""袺""襭"准确到位地描写了妇女采摘芣苢这一事件,表现人民热爱劳动的勤劳朴素的品质。全篇没有用一个含有情感色彩的词,但表现出来的却是一种欢快的劳动节奏,极为和谐的氛围,达到了"不着一字,尽得风流"的艺术效果。

汉 广

南有乔木①,不可休②思③;汉④有游女⑤,不可求思。

汉之广矣,不可泳思;江之永⑥矣,不可方⑦思。

翘翘⑧错薪,言刈⑨其楚⑩;之子于归⑪,言秣⑫其马。

汉之广矣,不可泳思;江之永矣,不可方思。

翘翘错薪,言刈其蒌⑬;之子于归,言秣其驹。

汉之广矣,不可泳思;江之永矣,不可方思。

> **名师释疑**
> 错薪:杂乱的柴草。
> 思:虚词,无实际意义。

【注释】

①乔木:高大的树木。　②休:休息。　③思:语气助词。④汉:指汉水。源出陕西省西南宁羌县,东流至湖北省汉阳入长江。⑤游女:在汉水上游出游的女子。　⑥永:水流很长。　⑦方:渡河的木筏。　⑧翘翘:高出的样子。　⑨刈(yì):割。

⑩楚：植物名，又名"荆"。　⑪于归：出嫁。　⑫秣（mò）：喂马。　⑬蒌：植物名，蒌蒿。

【翻译】

　　南方有树高又大，树下少荫不可歇。汉水边上有位出游女，想要追求难遂愿。汉水河岸宽而广，不可游泳到彼岸。长江水流长又长，划着竹筏难来往。杂草丛生高而多，割取那荆条。这个女子要出嫁，赶快喂饱她的马。汉水河岸宽而广，不可游泳到彼岸。长江水流长又长，划着竹筏难来往。杂草丛生高而多，割取那蒌蒿。这个女子要出嫁，赶快喂饱她的马。汉水河岸宽而广，不可游泳到彼岸。长江水流长又长，划着竹筏难来往。

【点评】

　　这是一个砍柴的青年唱的山歌。

　　诗歌表现男子追求一个姑娘，一时追不到，使他苦闷失望。然而他却仍是热切希望和她结为连理。他的爱情真诚而执着，流露出对那姑娘的爱慕和期待，他的美好愿望是"之子于归"。

　　每章后四句，一字不改，反复咏叹，重叠回环，韵味无穷。这样的复沓，使各章紧密联系成为一个整体，把每章的抒情内容都归纳到这四句，收到一唱三叹的效果，使诗篇余韵无穷。前四句是结果相同的对称句式，前两句以树高无法攀登作喻体，接下来两句以女郎隔着宽宽的汉水作本体，以喻体的高不可及，喻本体的可望而不可即。这样的对喻，都是为了表现较强抒情的效果。

名师指津

诗人钟情于一位美丽的姑娘，却难以如愿，面对浩渺的江水而不能泅渡，唱出了这首满怀惆怅的歌。

采 蘩

于以①采蘩②,于沼③于沚④。于以用之,公侯之事。

于以采蘩,于涧之中。于以用之,公侯之宫。

被⑤之僮僮⑥,夙夜⑦在公。被之祁祁⑧,薄言还归。

名师释疑

薄言:急急忙忙。

苊羹(mào gēng):用菜和肉做成的羹。

【注释】

①于以:在什么地方。 ②蘩(fán):一种水草,即白蒿。 ③沼:水池。 ④沚(zhǐ):水中小洲。 ⑤被:女子的一种首饰。 ⑥僮僮:首饰繁多的样子。 ⑦夙夜:早晚。 ⑧祁祁:繁盛的样子。

【翻译】

到哪里去采那白蒿?在那池里在那洲。什么地方要用它?公侯用它来祭祀。到哪里去采那白蒿?在那山间水沟中。什么地方要用它?公侯用它祭宗庙。首饰佩戴得很繁盛,早晚服侍在公旁。首饰佩戴得很繁盛,祭祀完毕才归家。

【点评】

诗中记述女子要奉命出去采集蘩菜,日夜操持,不堪劳瘁。在无限怨忿之中,便冲口喊出了人间的不平。在古代,奴隶主阶级要举行祭祀或宴飨宾客,便须置备醇酒苊羹,大事铺张,而这些女奴就只能不辞辛劳,努力来完成任务。

"被之僮僮,夙夜在公。"发饰的变化表现出女奴劳作的辛苦,

"于以采蘩，于沼于沚"，"于以采蘩，于涧之中"这种简单的奴隶主和女奴们之间的对话更显出采蘩女奴们劳作的繁忙。

摽①有梅

摽有梅，其实②七③兮。求我庶④士⑤，迨⑥其吉⑦兮。

摽有梅，其实三⑧兮。求我庶士，迨其今兮。

摽有梅，顷筐⑨塈⑩之。求我庶士，迨其谓⑪之。

【注释】

①摽（biào）：落下。　②其实：它的果实。　③七：七成。　④庶：众多。　⑤士：年轻的未婚男子。　⑥迨（dài）：趁着。　⑦吉：好日子。　⑧三：三成。　⑨顷筐：浅筐。　⑩塈（jì）：拾取。　⑪谓：告诉。

【翻译】

梅子纷纷落下来，枝头果实只剩下七成。追求我的众男子，趁着这好日子。梅子纷纷落下来，枝头果实只剩下三成。追求我的众男子，今天正是好日子。梅子纷纷落下来，拿个浅筐拾取它。追求我的众男子，趁着吉日告诉我。

【点评】

这是一首委婉而大胆的求爱诗。

诗歌描写的是暮春时节，梅子黄熟，纷纷坠落。一位姑娘见此情景，感到时光无情，弃人而去，而自己青春流逝，却嫁娶无期，便不禁以梅子兴比，情意急迫地唱出了这首怜惜青春、渴求爱情的诗歌。该篇作为春思求爱诗之祖，建构了一种以花木盛衰比青春流逝，由感慨青春易逝而追求婚恋及时的抒情模式。

梅子黄熟，嫁期将尽，仍夫婿无觅，怎能不令人情急意迫！青春流逝，以落梅作比。从"其实七兮"到"其实三兮"再到"顷筐塈之"，由繁茂而衰落，传递着一种"花枝堪折直须折，莫待无花空折枝"的急切心情。此外，诗歌首章"迨其吉兮"，尚有从容相待之意；第二章"迨其今兮"，敦促的焦急之情已然明了；至最后一章"迨其谓之"，可谓真情毕露，迫不及待了。"迨其吉兮""迨其今兮""迨其谓之"三句，层层递进体现了女子大胆追求爱情的勇敢无畏。全诗三章，章章套进，将一位渴望得到爱情女子的心态描写得淋漓尽致。

名师指津

出自杜秋娘《金缕衣》，强调爱惜时光，莫要错过青春年华。

柏　舟①

泛②彼柏舟，亦泛其流。耿耿③不寐④，如有隐⑤忧。微⑥我无酒，以敖⑦以游。

我心匪⑧鉴⑨，不可以茹⑩。亦有兄弟，不可以据⑪。薄言往愬⑫，逢彼之怒。

我心匪石，不可转也。我心匪席，不可卷也。威仪棣棣⑬，不可选⑭也。

忧心悄悄⑮，愠于群小⑯。觏⑰闵⑱既多，受侮不少。静言思之，寤⑲辟⑳有摽㉑。

日居㉒月诸，胡㉓迭而微㉔。心之忧矣，如匪浣衣。静言思之，不能奋飞。

【注释】

①柏舟：用柏木做的船。　②泛：在水面上浮行，随水流动。③耿耿：心中不安。　④寐：睡。　⑤隐：伤痛。　⑥微：不是。　⑦敖：出游。　⑧匪：同"非"，不是。　⑨鉴：镜子。　⑩茹：容纳。　⑪据：依靠。　⑫愬：同"诉"，告诉。　⑬棣棣：安和的样子。　⑭选：退让。　⑮悄悄：忧愁的样子。　⑯群小：众多小人。　⑰觏（gòu）：同"遘"，遭遇。　⑱闵：痛苦、忧伤。　⑲寤：醒着。　⑳辟：同"擗"，捶胸。　㉑摽（biào）：捶胸的样子。　㉒居：语气助词，后面的"诸"同此意。　㉓胡：为什么。　㉔微：阴暗无光。

【翻译】

　　柏木船儿荡悠悠，随波逐流在水中。内心不安难成眠，心中涌上无限忧。非我无酒，非我无处可出游。我心并非鉴，不是任由人来照。我亦有兄弟，只是难依赖。想向他们诉说怨与苦，正逢他们在发怒。我心并非石一块，不是随意可转移。我心并非席一条，不可任意来翻转。我的仪容很安和，不可任意退让任人欺。愁思重重心头绕，惹怒小人遭怨恨。遭遇不幸已多次，身受侮辱亦不少。静下心来细思量，梦醒时分直捶胸。问问太阳问月亮，为何轮流无亮光？心头忧伤难消解，就像未洗一件脏衣裳。静下心来细思量，不能展翅高飞翔。

【点评】

　　本诗讲一个女子与意中人矢志相爱，希望结成佳偶，白首偕

《名师释疑》

鉴：一种古老的由青铜所制的使用器物，也是精美的工艺品。

名师指津

本诗反映了女子对爱情的真挚和她对不合理婚姻制度的坚决反抗。

老，但却横遭父母兄弟的干涉阻挠，难以实现她美好的生活理想，她便唱出了这忠贞不渝的怨歌。

"我心匪石，不可转也。我心匪席，不可卷也。"从否定的方面打比方，更突出地肯定了女子对爱情坚定不移的特性。本诗运用了以人拟物，"日居月诸，胡迭而微？心之忧矣，如匪浣衣。静言思之，不能奋飞"，诗人借助想象把自己比拟为鸟，欲展翅飞翔。"不能奋飞"表现了这个女子想突破生活的牢笼，争取自由幸福。然而，在那黑暗腐朽的奴隶制度下，到处都没有自由。那禁锢的牢笼，是难以以个人的"奋飞"冲决的。这是女子"不能奋飞"的怨语，正倾吐了奴隶制时代受损害、受侮辱者的心声。

绿　衣

绿兮衣兮，绿衣黄里①。心之忧矣，曷②维③其已④？

绿兮衣兮，绿衣黄裳。心之忧矣，曷维其亡⑤？

绿兮丝兮，女⑥所治⑦兮。我思古人⑧，俾⑨无訧⑩兮。

絺⑪兮绤⑫兮，凄⑬其以风。我思古人，实获我心。

【注释】

①里：衣服的衬里。　②曷（hé）：何，怎么。　③维：语气助词。　④已：停止。　⑤亡：忘。　⑥女：同"汝"，你。　⑦治：做。　⑧古人：去世的人。　⑨俾（bǐ）：使。　⑩訧（yóu）：过错。　⑪絺（chī）：细葛布。　⑫绤（xì）：粗葛布。　⑬凄：寒冷。

【翻译】

绿色衣啊绿色衣,绿色外衣黄衬里。睹衣思人心忧伤,不知何时能休止。绿色衣啊绿色衣,绿色上衣黄下裙。睹物思人心忧伤,此情深深怎能忘。绿色丝啊绿色丝,丝丝缕缕是你织。我思亡妻难自抑,使我未曾犯过失。细葛衣啊粗葛衣,穿在身上心凄凄。我思亡妻难自抑,样样得体合我意。

【点评】

《绿衣》选自《诗经·国风·邶风》,是一首悼念亡妻的诗。诗人睹物伤怀,想起妻子对自己的百般体贴与关爱,勾起对亡妻的无限怀念。全诗语句缠绵悱恻,实属悼亡诗中的佳作。

全诗分四节,两句一节,采用重章叠句的手法,环环相扣,描写细腻,把丈夫对妻子的悼念之情书写得淋漓尽致。诗歌前两句写诗人把妻子缝制的衣服的衬里翻出来看,心情忧伤不能停止。三、四句写诗人看到黄色下裙,忧伤之情更深,无法忘掉妻子的深情。五、六句写妻子一针一线织的衣服鞭策着诗人,使他不曾犯过错误。七、八句写衣服穿在身上但心里却觉着寒冷,由于妻子所作所为样样合自己的心意,而今她却不在人世,怀妻之情更甚。

燕 燕①

燕燕于飞,差池②其羽。之子③于归④,远送于野⑤。瞻望弗及,泣涕如雨。

燕燕于飞,颉⑥之颃⑦之。之子于归,远于将⑧之。瞻望弗及,

◆名师释疑◆

邶(bèi)风:是《诗经》十五国风之一,共19篇,为邶地华夏族民歌。

弗:不。

伫立以泣。

燕燕于飞，下上其音。之子于归，远送于南。瞻望弗及，实劳我心。

仲氏⁹任⁰只⁰，其心塞⁰渊⁰。终温且惠⁰，淑慎其身。先君⁰之思，以勖⁰寡人⁰。

【注释】

①燕燕：燕子。　②差池：即"参差"，长短不齐的样子。　③之子：这个女子。　④于归：出嫁。因为古代婆家是女子的真正归属，所以出嫁称"归"。　⑤野：郊外。　⑥颉（xié）：向上飞。　⑦颃（háng）：向下飞。　⑧将：送行。　⑨仲氏：二妹。仲，兄弟姐妹中排行第二。　⑩任：姓氏。　⑪只：语助词。　⑫塞（sāi）：诚实。　⑬渊：渊博。　⑭惠：和顺。　⑮先君：已经去世的国君。　⑯勖（xù）：勉励。　⑰寡人：君主自称。

【翻译】

燕子双双天上飞，羽毛不齐展翅膀。这个姑娘要出嫁，将她远远送郊外。直到背影望不到，泪流满面如雨下。燕子双双天上飞，忽上忽下多自在。这个姑娘要出嫁，将她远远送到外。直到背影望不到，站在原地悲伤泣。燕子双双天上飞，上上下下呢喃语。这个姑娘要出嫁，远远将她送南方。直到背影望不到，实在悲伤柔肠断。二妹诚实很渊博，性格温柔多和顺，为人善良又谨慎。常用先君勉励我。

【点评】

这是一首卫君送别自己远嫁的妹妹的送别诗。

诗歌一共四章。第一、二、三章以燕子起兴，衬托了结婚喜庆、欢乐的场面，也反衬了离别的伤感，表达了作为兄长对待妹妹的血缘之情、留恋之情。第四章对妹妹的品格进行高度的评价和赞美。

"黯然销魂者，唯别而已。"在诗中，兄长送别妹妹，依依不舍，但是，"送人千里，终须一别"。兄长只能站在分别的地方，远远看着妹妹一步一步走远，直到消失在自己的视线内，而自己伫立在原地，独自伤悲，画面令人感动。这一意境也一直被后世的送别诗沿用。

名师指津

这句话的意思是让我黯然销魂的事情，也只有分别了。道出了分别时的不舍和忧伤。

日 月

日居①月诸，照临下土②。乃③如④之⑤人兮，逝不古处⑥？

胡⑦能有定？宁不我顾⑧。

日居月诸，下土是冒⑨。乃如之人兮，逝不相好。

胡能有定？宁不我报。

日居月诸，出自东方。乃如之人兮，德⑩音无良。

胡能有定？俾⑪也可忘。

日居月诸，东方自出。父兮母兮，畜⑫我不卒⑬。

胡能有定？报我不述⑭。

名师释疑

日居月诸：光阴的流逝。

宁：难道。

【注释】

①居：语助词，后文中的"诸""逝"皆是。　②下土：大地。
③乃：竟然。　④如：像。　⑤之：这。　⑥古处：故居。
⑦胡：怎么。　⑧顾：念。　⑨冒：覆盖。　⑩德：品德。
⑪俾：使。　⑫畜：养育。　⑬卒：终了。　⑭述：说。

诗经选译

【翻译】

太阳月亮在天上,光辉普照着大地。竟有他这样的人,不再回到这故居?怎样他才能定下心?难道不再想着我?太阳月亮在天上,光辉覆盖着大地。竟有他这样的人,不再和我相交好。怎样他才能定下心?难道不再爱着我?太阳月亮在天上,每天升起从东方。竟有他这样的人,品德这样坏。怎样他才能定下心?我真该就此把他忘。太阳月亮在天上,每天升起从东方。我的爹啊我的娘,丈夫爱我不久长。怎样使他定下心?我的悲伤无处说。

【点评】

这是一首女子被人抛弃后无奈的哭诉。

女子希望男子对她的爱像天上的太阳、月亮一样恒久,可是男子始乱终弃,渐渐对她失去了兴趣,开始不回家,不再想着她,不再爱她。女子对丈夫的变化表示了极大的意外、悲伤和不满,对男子前后品行不一表示惊讶,但自己也无可奈何,令人同情。

名师指津

作者反复吟诵太阳和月亮,是为了衬托和强调男子的心性不定,不再爱着女子。

击 鼓

击鼓其镗①,踊跃②用兵③。土国④城漕⑤,我独南行。
从⑥孙子仲⑦,平⑧陈与宋。不我以归,忧心有忡⑨。
爰⑩居爰处?爰丧⑪其马?于以求之?于林之下。
死生契阔⑫,与子成说⑬。执子之手,与子偕老。
于嗟⑭阔兮,不我活兮。于嗟洵⑮兮,不我信⑯兮。

名师释疑

不:不让。

【注释】

①镗（tāng）：击鼓的声音。　②踊跃：鼓舞、高兴。　③兵：兵器。　④土国：在国内服役做土工。　⑤城漕：在漕邑修筑城墙。　⑥从：跟从。　⑦孙子仲：即公孙文仲，字子仲，邶国将领。　⑧平：平定、调和关系。　⑨有忡：忡忡，不安忧虑的样子。有，形容词词头。　⑩爰：于何，在哪里。　⑪丧：丢失。　⑫契阔：聚散。契，合。阔，离。在这里"契阔"是一个偏义复词，意思是相聚结合。　⑬成说：订约，结誓。　⑭于嗟：吁嗟，感叹词。　⑮洵：久远。　⑯信：守信。

【翻译】

战鼓擂得咚咚响，士兵踊跃练刀枪。别人为国筑城墙，独我南行赴战场。跟随将军孙子仲，调停陈国与宋国。常驻边疆难归乡，内心不安多忧伤。去往何方留何方？战马走失在何方？何处找寻丢失的马？原来马在树林下。死生永远不分离，与你曾结下誓言。紧紧握着你双手，与你相携到白首。叹息相隔太遥远，难让我们活着再相见。叹息离别太久远，不让我们守信约。

【点评】

诗中士卒出征如怨如慕，如泣如诉，夫妻离别无望归期，别离誓言更是增添了长期征战的悲壮。本诗中卫国老百姓被奴隶主强征去从军，有的去修筑工事，有的去前方打仗。他们在无限怨愤之中，唱出了这字字血泪的怨歌。

全诗按照出征前、出征时和出征后的心理和行为进行描写，

名师指津

全诗在结构上安排得十分精妙，按时间顺序推进，其中又穿插回忆，将往事与现实做对比，使全诗情节跌宕起伏。

情感层层递进，前三章是边叙事边抒情，后三章是完全抒情。通过士卒对战争的反感也表现出老百姓对当时诸侯国之间穷兵黩武的战争的痛恨。

凯　风①

凯风自南，吹彼棘②心。棘心夭夭③，母氏④劬劳⑤。
凯风自南，吹彼棘薪。母氏圣善，我无令⑥人。
爰⑦有寒泉，在浚⑧之下。有子七人，母氏劳苦。
睍睆⑨黄鸟，载好其音。有子七人，莫慰母心。

名师指津

在这三句中"凯风"是指夏天能够让万物生长的风，诗人用来比喻母亲。"棘心"是指枣树刚刚开始发芽时中心是赤红色的，诗人用此来比喻儿子初生。"棘薪"是指枣树长成，可以当柴烧，诗人以此来比喻儿子已经长大。

名师释疑

莫：没有人。

【注释】

①凯风：和风。　②棘：酸枣树。　③夭夭：茂盛的样子。
④母氏：母亲。　⑤劬（qú）劳：劳苦。　⑥令：善。
⑦爰：发语词。　⑧浚（jùn）：地名。　⑨睍睆（xiàn huǎn）：形容鸟声清和婉转。

【翻译】

和风从南吹过来，吹在枣树的树心上。枣树的树心很苗壮，母亲辛苦抚育我。和风从南吹过来，吹在枣树粗枝上。母亲善良又开明，我辈有愧不成才。寒泉凛冽沁心脾，源头来自浚县下。儿子很多有七个，母亲受苦养育我。黄雀歌唱声婉转，歌声动听惹人爱。儿子一共有七个，没人可以安慰她。

【点评】

这是一首儿子歌颂母亲的诗。

儿子逐渐长大，母亲却愈加衰老，儿子感谢母亲的养育之恩，深深体会母亲将自己弟兄七人抚育成人的艰辛和劳苦。儿子对母亲的品格深为赞赏，自责自己没有成为母亲那样的人，没有达到母亲的期望。

"百善孝为先"，"孝"是中国传统文化、优良美德的重要组成部分。为人子女，我们享受着父母无私而伟大的爱，他们将毕生心血投入在我们身上，我们是他们生活的全部内容。他们为了我们的成长操劳不已，无怨无悔，"谁言寸草心，报得三春晖"。我们应该竭尽所能，怀着感恩的心，报答我们的父母。

雄 雉①

雄雉于飞，泄泄②其羽。我之怀矣，自诒③伊④阻⑤。

雄雉于飞，下上其音。展⑥矣君子，实劳我心。

瞻彼日月，悠悠我思。道之云⑦远，曷云能来？

百⑧尔君子，不知德行。不忮⑨不求，何用不臧⑩。

《名师释疑》
曷：何，什么。

【注释】

①雉（zhì）：野鸡。 ②泄（yì）泄：鼓翼的样子。
③诒（yí）：同"遗"，遗留。 ④伊：这。 ⑤阻：阻隔。
⑥展：确实。 ⑦云：语气助词。 ⑧百：所有。 ⑨忮（zhì）：忌妒。 ⑩臧：好。

【翻译】

雄雉高飞，扇动翅膀。我心思夫，自留悲伤。雄雉高飞，忽上忽下。思念夫君，我心伤悲。看那日月，相思悠长。路途遥远，何日归来？各位"君子"，不知德行。不忌妒不强求，怎会不美好？

【点评】

这是一首妇女思念丈夫的诗。

古代百姓需要服徭役，男儿不得不远离家乡，告别妻儿，奔赴他乡，因此就造就了许多的"思夫诗"。诗中女子，在家等待她丈夫的归来。路途遥远，相见无期，妇女内心伤悲。

名师指津

这首诗还体现了对当时统治者的指责和唾骂。全诗运用了"兴"的手法，结构上前三章为第四章蓄势，而第四章情感的抒发又为整首诗歌提高了思想境界。

匏①有苦叶

匏有苦叶，济②有深涉③。深则厉④，浅则揭⑤。

有瀰⑥济盈⑦，有鷕⑧雉⑨鸣。济盈不濡⑩轨，雉鸣求其牡⑪。

雍雍⑫鸣雁，旭日始旦。士如归妻⑬，迨⑭冰未泮⑮。

招招舟子，人涉卬⑯否。卬涉卬否，卬须⑰我友。

名师释疑

舟子：划船的人，船夫。

【注释】

①匏（páo）：葫芦。　②济：水名，源出于河南省济源市。　③涉：渡河。　④厉：连衣涉水。　⑤揭（qì）：提起衣裳。　⑥瀰（mí）：水满的样子。　⑦盈：满。　⑧鷕（yǎo）：雌雉的叫声。　⑨雉：野鸡。　⑩濡：湿。　⑪牡：雄性的鸟。　⑫雍雍：鸟和鸣的声音。　⑬归妻：娶妻。　⑭迨（dài）：等到。　⑮泮（pàn）：融解。　⑯卬（áng）：我。　⑰须：等待。

【翻译】

葫芦藤叶性味苦，济水深深也能渡。水深连衣慢慢过，水浅提起衣裳过。济水浩瀚河中满,雌性野鸡河边鸣。水满没有湿车轮,雌雉鸣唱求配偶。大雁和鸣声悦耳,旭日初升天刚亮。男子若要娶妻子,趁着河面冰未化。船夫招手让我乘,别人渡河我没有。别人渡河我没有,我要等待我朋友。

【点评】

这是一首女子在济水岸边等待心上人时所唱的诗歌。

诗歌以"匏"起兴,因为匏可作举行婚礼时"合卺"酒的酒杯,让人联想到女子等待的是与她有婚约的男子。这位女子站在济水岸边,焦急地等待心上人的到来。她看着茫茫的河水,想象着她的男子在水势大的时候如何过河,水势小的时候如何过来。在等待的过程中,她注意到水边的野鸡,它们也在呼唤自己的配偶,其中映射出了自己的心情。在久等不来之后,她的心变得越来越焦虑,直接大胆唱出了自己的心声:希望男子能够快点来迎娶自己。这时有舟人向女子招手想要渡女子过河,女子羞涩地说,自己在等待朋友的到来。

《名师释疑》

合卺(jǐn):结婚礼仪的一部分,指新郎、新娘在结婚当天的新房内共饮交杯酒(合欢酒)。

谷 风①

习习②谷风,以③阴以雨。黾勉④同心,不宜有怒。
采葑⑤采菲⑥,无以下体⑦。德音⑧莫违,及尔同死。
行道迟迟⑨,中心有违。不远伊⑩迩,薄⑪送我畿⑫。
谁谓荼⑬苦,其甘如荠⑭。宴⑮尔新婚,如兄如弟。
泾以渭浊,湜湜⑯其沚⑰。宴尔新婚,不我屑以。

毋逝⁽¹⁸⁾我梁⁽¹⁹⁾，毋发⁽²⁰⁾我笱⁽²¹⁾。我躬⁽²²⁾不阅⁽²³⁾，遑⁽²⁴⁾恤⁽²⁵⁾我后。
就其深矣，方⁽²⁶⁾之舟之。就其浅矣，泳之游之。
何有何亡⁽²⁷⁾，黾勉求之。凡民⁽²⁸⁾有丧⁽²⁹⁾，匍匐⁽³⁰⁾救之。
不我能慉⁽³¹⁾，反以我为仇。既阻我德，贾⁽³²⁾用不售。
昔育⁽³³⁾恐育鞠⁽³⁴⁾，及尔颠覆⁽³⁵⁾。既生既育，比予于毒。
我有旨⁽³⁶⁾蓄⁽³⁷⁾，亦以御⁽³⁸⁾冬。宴尔新婚，以我御穷。
有洸⁽³⁹⁾有溃⁽⁴⁰⁾，既诒⁽⁴¹⁾我肄⁽⁴²⁾。不念昔者，伊余来塈⁽⁴³⁾。

【注释】

①谷风：来自山谷的风。　②习习：指风声。　③以：表并列关系，相当于"而"，又。　④黾（mǐn）勉：勉力。　⑤葑（fēng）：蔬菜名，蔓菁。　⑥菲：萝卜。　⑦下体：根茎。　⑧德音：誓言。　⑨迟迟：缓慢。　⑩伊：同"繄"，是。　⑪薄：语气助词。　⑫畿（jī）：门槛。　⑬荼（tú）：苦菜。　⑭荠（jì）：荠菜，味甜。　⑮宴：欢乐。　⑯湜（shí）湜：水清澈的样子。　⑰沚：水中的小洲。　⑱逝：往，去。　⑲梁：用石头砌成以捕鱼的坝。　⑳发：打开。　㉑笱（gǒu）：捕鱼的竹笼。　㉒躬：自身。　㉓阅：容许。　㉔遑：闲暇。　㉕恤：忧虑。　㉖方：用竹筏渡河。　㉗亡：同"无"。　㉘民：邻居。　㉙丧：灾祸之事。　㉚匍匐：尽力。　㉛慉（xù）：爱。　㉜贾（gǔ）：卖。　㉝育：生活。　㉞鞠（jū）：穷困。　㉟颠覆：艰难。　㊱旨：美好。　㊲蓄：干菜。　㊳御：阻挡。　㊴洸（guāng）：动武。　㊵溃：发怒。　㊶诒（yí）：留给。　㊷肄：辛劳。

㊸墍（xì）：爱。

【翻译】

  飒飒大风谷中来，阴沉天空雨连绵。夫妻勉力结同心，不该对我来发怒。采了蔓菁采萝卜，不应弃置其根茎。夫妻誓言别背弃，与你相守直到死。走出家门步迟缓，心中难过难割舍。不求丈夫远相送，竟然只到门槛外。谁说苦菜难下咽？我说其味甜似荠。你们新婚多欢乐，俩人亲热似兄弟。渭水入泾泾河浊，泾河虽浊其底清。你们新婚多欢乐，对我轻视不屑理。不要去往我鱼坝，不要打开我鱼笼。自身尚且不被容，哪里还能顾以后。河水深深难测底，撑筏划船把河渡。河水浅浅可见底，自己游泳到对岸。家用东西有或无，尽心尽力去谋求。邻居遭遇祸患事，全力以赴去救助。你已不再爱着我，反而认我为仇敌。狠心拒绝我善意，如同货物难售出。昔日生活怕困穷，共同度过艰难日。如今生活有好转，竟然比我如毒虫。我有美味好干菜，抵御饥饿过寒冬。你们新婚多欢乐，拿我积蓄挡困穷。对我发怒又动粗，还要逼我做苦工。昔日情意全不念，夫妻到头一场空。

【点评】

这是一首弃妇的哭诉之歌。

  奴隶制时代妇女地位低下，她们"在家从父，出嫁从夫，夫死从子"，一生不得自主，在婚姻中亦属被动地位：出嫁前不能按自己意愿选择伴侣，出嫁后，更是以夫为天，需要孝敬公婆、伺候丈夫、生儿育女、操持家务、恪守妇道，她们需要承担的义

名师指津

《诗经》中有不少这类遭遇不幸的妇女的悲歌。

务很多，能享受的权利却有限，有时甚至只被当作丈夫财产的一部分。即使丈夫再娶别的女人，也不能有反对意见，更不能存有忌妒之心，否则会被以"悍妇"的恶名休掉。

《谷风》全诗内容以弃妇口吻为第一人称进行叙述：刚结婚的时候丈夫家境贫寒，生活困顿，夫妻俩齐心协力，勤劳致富，共渡难关，生计逐渐好转。妇女觉得苦尽甘来，好日子来了，以后一定会长相厮守，白头到老。不曾想，"男人有钱就变坏"，家庭富裕后的丈夫开始有了变化，对妻子不再有甜言蜜语，而是动辄打骂，嫌弃妻子，终于决定另娶年轻貌美的女子，将糟糠之妻赶出家门。妻子仍然对丈夫抱有幻想，孰料丈夫薄情至极，对离去的妻子没有半点挽留之意，丝毫不念昔日情意，绝情到底，使妻子伤透了心。但与同是弃妇诗的《氓》相比，此诗塑造的女主人公则有不同，此诗的女主人公缺乏《氓》中女主人公的清醒、理智和决绝。

全诗共分六章，弃妇将自己的不舍、难过、悲愤反复渲染。 语言朴实，读之令人动容，让读者对女主人公充满同情，更有"哀其不幸，怒其不争"之感，发人深思。

名师指津
由此可见古代妇女在婚姻家庭中一直处于弱势地位，她们不得不依附于男子而生存，以男子为中心。心中有怨不能说，有苦不能诉。她们的命运值得同情。

式① 微②

式微，式微，胡③不归？微④君之故，胡为乎中露⑤？

式微，式微，胡不归？微君之躬，胡为乎泥中？

【注释】

①式：发语词，无实在的意义。　②微：昏暗。　③胡：

为什么。　④微：没有。　⑤中露：露水之中。

【翻译】

日光昏暗天渐黑，为什么不把家来回？如若没有君王使，怎会走在夜露中？日光昏暗天渐黑，为什么不把家来回？如若没有君王差，怎会走在泥水中？

【点评】

这首诗是劳役之人对无尽苦役地控诉，表达了下层人民对统治者的不满和愤懑之情。

全诗两章，每章的开头都是以"式微，式微，胡不归？"这样的设问句来直接质问，天已经黑了，天已经黑了，为什么还不回家呢？该回家的时候没有回家，是什么原因导致了有家不能归，从而引出下面的诗句，"微君之故，胡为乎中露？""微君之躬，胡为乎泥中？"的回答，同样是以设问句的形式来完成。要不是因为"君"的事情和身体，我为什么要在这露水和泥沼中挣扎呢？用看似有疑问的方式来表达胸有成竹的批判，以婉转的语言来代替直言控诉，将诗人的无奈之情表现得淋漓尽致。

这首诗虽然只有短短几句，但感情真挚，内涵丰富。在古代社会，百姓大多没有见过他们的君主，对他们来说，君主是多么的遥远，但"君"的命令却是不可违抗的。诗中的主人公，就是一个无法决定自己命运的底层人物。《式微》被认为是一首"隐逸"诗，诗中塑造了一个厌恶仕途的形象，表明了主人公想要过一个平静的生活。

名师指津

我国古代产生了不少关于苦役的诗作，但《式微》是中国古代文学史上较早的一篇，对后代的诗歌创作有深远的影响。

泉 水

毖①彼泉水,亦流于淇②。有怀于卫,靡③日不思。娈④彼诸姬,聊⑤与之谋。

出宿⑥于泲⑦,饮饯⑧于祢。女子有行⑨,远父母兄弟。问我诸姑,遂及伯姊。

出宿于干,饮饯于言。载⑩脂⑪载辖⑫,还⑬车言迈⑭。遄⑮臻⑯于卫,不瑕⑰有害?

我思肥泉,兹之永叹。思须与漕,我心悠悠。驾言出游,以写⑱我忧。

> **名师释疑**
> 思:思念。

【注释】

①毖(bì):"泌"的假借字,泉水流淌的样子。 ②淇:河名。 ③靡:没有。 ④娈:美好。 ⑤聊:姑且。 ⑥宿:休息。 ⑦泲(jǐ):卫国的地名,后面的祢(nǐ)、干、言、须、漕同是。 ⑧饯:送行的酒。 ⑨行:远嫁。 ⑩载:发语词。 ⑪脂:涂车轴的油脂。 ⑫辖:车轴两头的金属键。 ⑬还:同"旋",旋转。 ⑭迈:远行。 ⑮遄(chuán):迅速。 ⑯臻(zhēn):到达。 ⑰瑕:无。 ⑱写:同"泻",宣泄。

【翻译】

泉水涓涓细细流,最后汇入了淇水。怀念卫国我故里,整日忧伤不停歇。同来女子多美好,姑且和她们商量。回想当初住泲地,喝罢送别酒在祢地。女子出嫁去远方,离开父母和兄弟。临行问候姑、伯、姐妹众亲戚。回想当初住干地,言地喝过送别酒。车轴涂油装好键,调转车辆想返家。赶快回到卫国去,看看家中是否有灾患?我心思念着肥泉,只能独自长叹息。思念须地和漕邑,我心悠悠相思多。驾着车子去郊游,来把忧伤宣泄掉。

【点评】

　　这是一首嫁到别国的女子思念娘家故国的诗。

　　在古代,嫁到别国的女子是不能轻易回娘家的。但是,女子思念自己的家乡、思念亲人,是人之常情的事。嫁到别国后,女子因整日思念自己的家乡,无法排解,就只能去找一同嫁去的女子诉说苦闷之情。她们回想昔日家乡的欢乐时光,便想念家中的父母兄弟、叔伯姐妹。由于无法排解相思之情,就只能驾车去出游,以解心中忧愁。

北　门

出自北门,忧心殷殷①。终窭②且贫,莫知我艰。

已焉哉!天实为之,谓之何哉!

王事适③我,政事一埤④益我。我入自外,室人⑤交⑥遍谪⑦我。

已焉哉!天实为之,谓之何哉!

王事敦⑧我,政事一埤遗⑨我。我入自外,室人交遍摧⑩我。

已焉哉!天实为之,谓之何哉!

名师指津　这句话的意思是还是算了吧,这都是天命,我又能如何!

【注释】

①殷殷:忧伤的样子。　②窭(jù):贫寒。　③适:

同"掷",扔给。　④一埤（pí）：一堆。　⑤室人：家人。
⑥交：轮流。　⑦谪：责备。　⑧敦：与"适"同义，投掷，扔给。　⑨遗：给。　⑩摧：挫败。

【翻译】

一路缓步出北门，忧心戚戚多悲伤。生活贫穷又困顿，没人了解我难处。还是算了吧，这都是天命，我又能如何！王室差事扔给我，政事也都交给我。忙了一天回到家，家人轮流指责我。还是算了吧，这都是天命，我又能如何！王室差事催着我，政事全部留给我。忙了一天回到家，家人轮流打击我。还是算了吧，这都是天命，我又能如何！

【点评】

<mark>这是一首小官吏诉苦的诗。</mark>

主人公在官场受到排挤，受尽劳苦，但是家境依然贫寒，生活很不如意。他在外面劳累一天，回到家中，没有得到家人的理解与宽慰，而是受到了责难，内心的委屈无处诉说。他只能问问苍天，为什么会这样，却得不到解答，只能将一切归于天意，令人同情。

北　风

北风其凉，雨雪①其雱②。惠③而好我，携手同行。其虚④其邪？既亟⑤只且⑥！

北风其喈⑦，雨雪其霏⑧。惠而好我，携手同归。其虚其邪？既亟只且！

名师指津

这首诗通过小官吏倾诉自己的愁苦，体现了当时生活在社会底层的小吏待遇菲薄，却政务繁多，身心交困的情景。这首诗虽然是小吏的诉苦诗，但是全诗却没有无病呻吟的感觉，体现了《诗经》"饥者歌其食，劳者歌其事"的现实主义精神。

莫赤<u>匪</u>狐,莫黑匪乌。惠而好我,携手同车。其虚其邪?既亟只且!

名师释疑

匪:同"非",不是。

【注释】

①雨(yù)雪:下雪。雨,落下。　②雱(pāng):雪下得很大的样子。　③惠:爱。　④虚:内心怯懦。　⑤亟(jí):急。　⑥只且(jū):语气助词。　⑦喈(jiē):疾速的样子。　⑧霏:雪很大的样子。

【翻译】

北风吹来天气凉,漫天雪花降下来。喜欢我的好朋友,我们一起去逃亡。不要怯懦再犹豫,情况已经很紧急。北风刮来呼呼响,大雪纷飞漫天扬。喜欢我的好朋友,我们一起返故乡。不要怯懦再犹豫,情况已经很紧急。没有狐狸非红色,没有乌鸦不黑色。喜欢我的好朋友,我们一起把车乘。不要怯懦再犹豫,情况已经很紧急。

【点评】

本诗是下层民众对上层统治暴虐的不满,是一首呼唤朋友一起逃亡的诗篇。

诗歌一共三章。前两章以"风""雪"起兴。北风凛冽,大雪纷飞,塑造了一种冷峻的气氛。接着,主人公直接将自己的心声喊出,大声号召朋友一起和他逃亡,逃离这难以忍受的暴虐统治,告诫同伴不要再犹豫怯懦,现在情况已经很紧急了。最后一章,用狡猾的狐狸和令人生厌的乌鸦来比喻自己的国君,对他们的厌恶之情可见一斑。

名师指津

"水可载舟，亦可覆舟"出自《后汉书·皇甫规传》注引《孔子家语》："孔子曰：'夫君者舟也，人者水也。水可载舟，亦可覆舟。君以此思危，则可知也。'"

"哪里有压迫，哪里就有反抗。"统治者不顾民意，恣意妄为，百姓就要逃离远方。"水可载舟，亦可覆舟"，终有一天他们会奋起反抗，推翻暴政。这也是历史不断前进的原因。

静 女

静女其①姝②，俟③我于城隅④。爱⑤而不见⑥，搔首踟蹰⑦。

静女其娈⑧，贻⑨我彤管⑩。彤管有炜⑪，说怿⑫女⑬美。

自牧⑭归⑮荑⑯，洵⑰美且异。匪女⑱之为美，美人之贻。

【注释】

①其：语气助词，用于加强语气。 ②姝：美好的样子。 ③俟：等待。 ④隅：角落。 ⑤爱：同"薆"，隐藏。 ⑥见：同"现"。 ⑦踟蹰：徘徊不定。 ⑧娈：美好。 ⑨贻：赠送。 ⑩彤管：红色的管箫。 ⑪炜：光彩。 ⑫说怿：喜爱。 ⑬女：同"汝"，指彤管。 ⑭牧：野外。 ⑮归：同"馈"，赠送。 ⑯荑（tí）：草木的嫩芽。 ⑰洵：确实。 ⑱女：同"汝"，指荑。

【翻译】

恬静姑娘多美好，等我在那城墙角。躲藏起来不出现，让我挠头找不着。恬静姑娘多美好，送我一支红管箫。红色管箫有光彩，惹人喜爱难释手。野外归来送我荑，着实美丽好奇异。并非只因荑美丽，更因美人来相赠。

【点评】

　　《静女》一诗写了女子和男子约会的佳期美事。

　　这首诗是从男子的角度写的。全诗通过男主人公自言自语的几句话，把他的憨厚、真诚表现得淋漓尽致。在刻画男子的同时，女主人公机灵刁钻的形象也就呼之欲出了。本诗的文字简约，但却给读者留下了无数的想象空间，城隅、彤管、自牧归荑等，勾勒了一个戏剧化的画面，带有浓郁的生活气息。

　　诗歌一共三章。诗的第一章是写实的场景：娴静优雅的女子与男子约好在城角见面，可是男子早早赶到却被杂草挡住视线，抓耳挠腮，急不可耐。"爱而不见，搔首踟蹰"描写的是人物外在的动作，却极具特征，很好地刻画了人物的内在心理，塑造出了男子的痴情。同时，可以想象女子的机灵可爱。静女其姝，巧妙地表现了男子期盼见到女子的心情。

　　第三、四句是诗的第二章，静女其娈，女子已经出场。采用了倒叙手法。从诗的递进关系来看，是那个男子在城隅等候心上人时的回忆。因此，"贻我彤管""自牧归荑"一句采用的是倒叙手法。女子给了男子一支彤管，男子非常喜欢，说彤管有红色的光泽。

　　第三章，写女子给男子荑草，采用的也是倒叙手法，先给了男子荑草，接着又给他彤管。其实，彤管比荑草贵重，但男子却只对受赠的彤管说了句"彤管有炜"，赞赏了彤管鲜艳的色泽，对普通荑草的评价却是"洵美且异"。可见，男子欣赏的不是物品的外观而是女子的心意。原来，荑草是她去远处郊野亲手采来的。物微，却情意深。女子传送给男子的那种特定情意，表现出了她对男子高层次的爱。

名师指津

本诗歌意思简单，语言凝练，将郎情妾意娓娓道来，令人感动万分。

名师指津

女子亲手采来荑草赠送给男子。荑草也是爱情的象征，以新生的柔荑幼芽会成长为茂盛的草丛，来暗喻男子与女子的爱情也会像荑草那样蓬勃发展。

新 台①

新台有泚②,河水瀰瀰③。燕婉④之求,籧篨⑤不鲜⑥。

新台有洒⑦,河水浼浼⑧。燕婉之求,籧篨不殄⑨。

鱼网之设,鸿⑩则离之。燕婉之求,得此戚施⑪。

【注释】

①新台:春秋时卫宣公所建,旧址在河北省境内黄河故道旁边。卫宣公为儿子伋迎娶齐女,听说齐女貌美,便在河边建造新台把齐女娶给了自己,即"宣姜"。　②泚(cǐ):鲜明的样子。　③瀰(mí)瀰:水盛大的样子。　④燕婉:安乐。　⑤籧篨(qú chú):癞蛤蟆之类。　⑥鲜:少。　⑦洒(cuǐ):高峻的样子。　⑧浼(měi)浼:水盛的样子。　⑨殄:断绝。　⑩鸿:大雁。　⑪戚施:蛤蟆。

【翻译】

新台很鲜明,旁边河水势汹汹。欲求一个好郎君,遇着蛤蟆却不少。新台很高峻,旁边河水浩荡荡。欲求一个好郎君,遇着蛤蟆不断绝。张设渔网欲捕鱼,大雁见状纷飞去。欲求一个好郎君,遇着蛤蟆好悲伤。

【点评】

这是卫国百姓讽刺卫宣公夺取儿子妻子的诗。

卫宣公荒淫无耻,与自己的后母夷姜乱伦生下儿子伋。为儿子伋娶妻,听说新娘漂亮,就不顾身份、不顾礼义廉耻,在新娘

名师指津

也有说法认为是女子受了媒婆的欺骗,所嫁非人,写出这篇充满哀怨的词;还有一种说法是女子在婚姻上被骗之后的愤懑之词。

出嫁途中的河边建筑新台，抢了新娘齐姜，占为己有，为儿子另娶一位女子。百姓对国君的行为深以为耻，很是不满，对年轻貌美的齐姜和伋深表同情，因此写了这首诗。

全诗共有三章，以比兴的手法进行叠咏，有反讽、对比的意味：前两章中，先对新台的辉煌进行渲染，让人心生向往，随后笔锋一转，写出现实的不如意，本想淑女配君子，谁知嫁了糟老头、癞蛤蟆，让人心情沮丧。最后一章更是直接写出了欲求一郎君而不得的苦闷，让人十分同情。

二子乘舟

二子乘舟，泛泛①其景。愿②言思子，中心③养养④。

二子乘舟，泛泛其逝。愿言思子，不瑕⑤有害？

【注释】

①泛泛：船在水中荡漾的样子。　②愿：思念的样子。　③中心：心中。　④养养：忧愁不安的样子。　⑤不瑕：不无，该不会。

【翻译】

两个公子乘小舟，飘荡着向远行去。多么思念他们呀，心中不安多忧愁。两个公子乘小舟，飘荡着向远行去。多么思念他们呀，他们该不会遭殃吧？

【点评】

母子之情是最天然、最牢固的感情。所以，从古至今从来就没有缺少表现母子情深的诗。

这首诗是母亲送别儿子之诗。诗的第一章先是描述了离别的场面：二子在岸上告别了母亲，登上小舟，踏上远行的路途。随着小舟的远远飘去，母亲的心绪也跟着儿子的心飘到远方，难舍的情怀和心中的忧虑一直围绕着母亲。

在诗的第二章，场景虽没有改变，但母亲的思念、忧愁又有所上升，联想到儿子们"不瑕有害？"，他们该不会遇到大风浪，危及性命之忧吧？母亲对子女的爱是最无私的，俗话说："儿行千里母担忧。"母亲对子女的爱总是比子女对母亲的爱来得更真切。人生的旅途或多或少会遇到一些坎坷，母亲的思念和担忧永远伴随着子女。诗中的母亲就是千千万万母亲的形象之一，很容易引起读者对母爱的赞美。

诗的结构完整，两章采用的手法都是叠章易字，看似相似，但母亲对"二子乘舟"远游的担忧却是真切的。语言生动，感情丰富，用有限的语言表现了母亲对二子的依依不舍之情。

柏　舟

泛彼柏舟，在彼中河①。髧②彼两髦③，实④维我仪⑤。

之⑥死矢⑦靡它⑧。母也天只⑨！不谅人只！

泛彼柏舟，在彼河侧。髧彼两髦，实维我特⑩。

之死矢靡慝⑪。母也天只！不谅人只！

【注释】

①中河：河中央。　　②髧（dàn）：头发下垂的样子。

名师指津
这首诗是卫国人感念卫国公子晋的两个儿子伋和寿俩兄弟情谊深厚，为他们所作的一首诗歌。

名师指津
用问句表达了母亲对儿子安危的担忧。

▶名师释疑◀
谅：体谅。

③两髦（máo）：男子未成年时的发型，剪发齐眉。　　④实：是。　　⑤仪：配偶。　　⑥之：到。　　⑦矢：誓。　　⑧靡它：没有他心，不变心。　　⑨只：语助词。　　⑩特：配偶。　　⑪慝（tè）：同"忒"，变更。

【翻译】

　　柏木小舟漂荡荡，在那小河正中央。额前垂发少年郎，是我心中好配偶。发誓至死不变心，叫声苍天叫声娘，不来体谅我衷肠！柏木小舟漂荡荡，漂到小河堤岸旁。额前垂发少年郎，是我心中好配偶。发誓至死不变心，叫声苍天叫声娘，不来体谅我衷肠！

名师指津
体现了女子心中无限的委屈。

【点评】

　　这是一首反映当时婚姻观念的诗，诗歌中的女子劝说母亲不要反对自己的婚姻，将女子的委屈和不甘情感充分地表现出来了。

　　诗的开始就描写的是女子对男子的想念："泛彼柏舟，在彼中河。""泛彼柏舟，在彼河侧。"女子看着一只柏木小舟在河中央漂漂荡荡，停靠在小河的堤岸旁。她联想到自己钟情的男子，并且说出了自己对男子的仰慕之情："髧彼两髦，实维我仪"，那个额前垂发少年郎，是我心中好配偶。女子坚信男子会是她一生的好伴侣。"之死矢靡它"，抒写女子寻到了意中人，渴望婚姻自主，表达了死不变节的意愿。现实往往不如人意，女子完美的爱情之梦终究在母亲百般阻挠之下破灭。"母也天只"是女子向母亲倾诉心中坚贞的爱情，希望母亲可以相信她，可以成全她。但是，母亲根本不能体谅她的衷肠，女子的无奈之情便溢于言表。

在这首诗中，能看出当时社会的恋爱有一定的自由选择性，但还是会受到家庭和礼教的限制，加上女儿和母亲的选择标准存在一定差异。因此，女儿和母亲之间的矛盾存在着必然性。

在创作上，女子用同样的句子来反复申诉，突出女子感情的热烈。另外，此诗还成功地塑造了一个敢于追求自己幸福，并具有一定反抗精神的女子形象。

蝃蝀[①]

蝃蝀在东，莫[②]之敢指。女子有行[③]，远父母兄弟。

朝隮[④]于西，崇[⑤]朝其雨。女子有行，远兄弟父母。

乃如之人[⑥]也，怀[⑦]婚姻也。大[⑧]无信[⑨]也，不知命也！

> **名师释疑**
> 不知命也：不听父母之命。

【注释】

①蝃蝀（dì dòng）：彩虹。 ②莫：没有人。 ③有行：出嫁。 ④隮（jī）：虹。 ⑤崇：终、尽。 ⑥乃如之人：像这样的人。 ⑦怀：同"坏"，败坏。 ⑧大：同"太"。 ⑨信：贞节。

【翻译】

彩虹高挂在东方，没人敢去指着它。女子出嫁去远方，离开父母和兄弟。清晨彩虹在西边，大雨下了一早上。女子出嫁去远方，离开父母和兄弟。像她这样的女子，败坏婚姻毁礼法。实在太没有贞节，父母之命不听取。

【点评】

这是一首对不守礼法大胆私奔的女子的讽刺诗。

在古代，礼法森严，男女结婚必须有"父母之命，媒妁之言"。诗中谴责的女子，她不顾礼法，追求婚姻的自主，招来人们的不满。人们认为她破坏规矩，大逆不道，便愤愤不平地站出来对她进行讽刺。

名师指津

对于出嫁的女子来说，"娶是夫人，奔是妾"。

相① 鼠

相鼠有皮，人而无仪②。人而无仪，不死何为③？

相鼠有齿，人而无止④。人而无止，不死何俟⑤？

相鼠有体⑥，人而无礼。人而无礼，胡不遄⑦死？

【注释】

①相：看。　②仪：威仪。　③何为：为何，为什么。
④止：节制。　⑤俟：等待。　⑥体：身体。　⑦遄(chuán)：快速。

【翻译】

看那老鼠还有皮，这人却没什么威仪。作为人却没威仪，活着还有什么意义呢？看那老鼠还有齿，这人却没什么节制。作为人却没节制，活着还等待什么呢？看那老鼠还有体，这人却不懂什么礼。作为人却不守礼，为何还不快去死？

【点评】

这是一篇极具讽刺意味的诗歌。诗中用老鼠来说明讲礼仪守

名师释疑

揶揄（yé yú）：耍笑、嘲弄、戏弄、侮辱之意。

规矩的重要性，把最丑的丑类与应当庄严对待的礼仪相比，这便形成强烈的反差，在揶揄的话语中给世人以警示。

诗歌的语言质朴，言辞犀利。全篇的语言直白，但却很露骨，给人以痛快淋漓的感觉。"相鼠有皮，人而无仪""相鼠有齿，人而无止""相鼠有体，人而无礼"通过对比反衬，将形象写得十分鲜明。用鼠与人对比、反衬，把一个没有廉耻、没有仪礼的反面形象栩栩如生地塑造出来。其中，"不死何为""不死何俟""胡不遄死"更是形象地讽刺了那些无德、无义的丑恶之徒。老鼠本是自然界中做尽坏事的猥琐丑类，被人类所厌恶，但是，生活中的丑角有的居然连老鼠都不如。作者对人间的伪劣无耻之徒，进行了无情地轻蔑、嘲骂与鞭挞，令后人钦佩不已。这首诗用老鼠与人做比较，真可谓开创了讽刺诗歌的先河。

载[①] 驰

载驰载驱[②]，归唁[③]卫侯。驱马悠悠[④]，言[⑤]至于漕[⑥]。大夫[⑦]跋涉，我心则忧。

既不我嘉[⑧]，不能旋反[⑨]。视[⑩]尔不臧[⑪]，我思不远。

既不我嘉，不能旋济[⑫]？视尔不臧，我思不閟[⑬]。

陟[⑭]彼阿丘[⑮]，言采其蝱[⑯]。女子善怀[⑰]，亦各有行[⑱]。许人尤[⑲]之，众稚且狂。

我行其野，芃芃[⑳]其麦。控[㉑]于大邦，谁因[㉒]谁极[㉓]？

大夫君子，无我有尤。百尔所思，不如我所之。

【注释】

①载：发语词，没有实在意义。　②驰、驱：车马快跑。　③唁（yàn）：吊丧。　④悠悠：路途遥远的样子。　⑤言：语气助词，没有实在意义。　⑥漕：卫国的邑名。　⑦大夫：指追到卫国劝阻许穆夫人的许国大臣。　⑧嘉：赞许。　⑨旋反：返回。　⑩视：比照。　⑪臧：善。　⑫济：渡。　⑬闷（bì）：同"闭"，闭塞。　⑭陟：登上。　⑮阿丘：山丘。　⑯蝱（méng）：药草名，即贝母。　⑰善怀：多愁善感。　⑱行：道理。　⑲尤：责备。　⑳芃芃（péng）：草木茂盛的样子。　㉑控：申诉。　㉒因：依靠。　㉓极：至，到达。

【翻译】

驾起车马快驰骋，回国吊唁我卫侯。策马挥鞭路遥远，匆匆赶路到漕邑。许国大夫来追赶，知晓来意我心忧。众人对我不赞成，我却不能速返程。相比你们无良策，我的计谋可试行。众人对我不赞成，我却不能渡河返。相比你们无良策，我的计谋可试行。登上那个高山丘，采些贝母来解忧。女子多愁又善感，也是自有其道理。许国大夫责备我，既是幼稚又发狂。我走在辽阔原野，麦苗蓬勃长势好。我向大国去申诉，不要反对责备我。你们纵有千百计，不如我去搬救兵。

【点评】

这首诗的作者是许穆夫人。

《左传》记载：闵公二年，狄人伐卫，卫国战败。该诗是身在许国的许穆夫人，闻知自己故国被占领，心急如焚，想要赶回

《名师释疑》
许穆夫人：卫宣公的儿子顽与后母宣姜乱伦所生的女儿，后嫁到许国，故称"许穆夫人"。

故国吊唁，并为自己的故国出谋划策，想要救故国于颓败边缘，却被许国大夫在回国途中的漕邑阻拦。许国大夫一方面不想为卫国奔走求救而惹祸上身，另一方面许穆夫人的返国之举也不合礼法。许穆夫人作为一国之母，只有被休或许国亡国才可以返回自己的故国，否则一生不得回返。

《载驰》是许穆夫人对故国的爱国之情的真实写照，她的坚毅、果敢与许国大夫形成了鲜明对比。因此，有人认为许穆夫人是中国乃至世界历史上最早的一位爱国女诗人，该诗也被看作一首爱国诗。诗中不乏许穆夫人对许国大夫的谴责。

许穆夫人听闻故国被敌国所灭的消息后，快马加鞭，日夜兼程想要回家吊唁自己的父兄、亲人，岂料许国大夫也千里跋涉追来，劝阻她回到许国。许穆夫人内心悲愤，为自己的故国忧伤，为自己的臣子痛心，便陈述了自己的想法，希望他们能体谅自己的一片爱国之情，以及一个普通子女的关怀之情，但却不被人理解。在向臣子们寻求解救卫国的办法时，却发现他们的策略都不可行。因此，想凭借自己的身份和智谋向大国求救，以达到力挽狂澜的作用。

考　槃①

考槃在涧②，硕人③之宽④。独寐⑤寤⑥言，永矢⑦弗⑧谖⑨。

考槃在阿⑩，硕人之薖⑪。独寐寤歌，永矢弗过。

考槃在陆⑫，硕人之轴⑬。独寐寤宿，永矢弗告。

【注释】

①考：建成。槃（pán）：木屋。　　②涧：山间流水的沟。

③硕人：大人、贤人。　④宽：心宽。　⑤寐：睡。　⑥寤：醒。　⑦矢：发誓。　⑧弗：不。　⑨谖（xuān）：忘记。　⑩阿（ē）：角落。　⑪薖（kē）：心胸宽大的样子。　⑫陆：高而平的土地。　⑬轴：自在。

【翻译】

建成木屋山涧边，贤人<u>心宽体胖</u>。独睡独醒独自言，发誓永远不忘记。建成木屋山之角，贤人心胸很宽广。独睡独醒独自歌，发誓永远不错过。建成木屋平地上，贤人自由自在。独睡独醒独度日，发誓永远不相告。

【点评】

本诗写的是贤人对自己隐逸生活的肯定和赞美，是一首隐逸者自得其乐、画面感十足的叙事诗。

诗由三章构成，每章有四句话。三章呈现了隐逸贤人平日生活的画面，他在简单而惬意的环境下过着闲适的生活。隐士的"考槃"分别在山涧边、山之角、平地之上，居住的地方看似有很大的差距性，但这三个地方却有一个共同的特点：远离浊世、人烟稀少、环境幽美，对隐逸者的心境有很大的影响。所以，隐逸的贤人才有"宽""薖""轴"的心态，表达了他心胸宽广、自由畅快的人生境界。虽然一直是独睡、独醒，无人陪伴，但隐士可以随意地自言、自歌、自度日，过着只属于自己的生活。同时，他没有荒凉、冷落、寂寞之感，凸现出了一个鲜明生动的隐士形象。"永矢弗谖""永矢弗过""永矢弗告"更能体现隐士对自己生

> ◆名师释疑◆
>
> 心宽体胖（pán）：原指人心胸开阔，外貌就安详。后用来指心情愉快，无所牵挂，因而人也发胖。

诗经选译

活现状的满足。另外，也表现了隐逸之士的豁达胸怀。

此诗每章一韵，用<u>复沓</u>的方式翻覆吟唱，能让读者更好地理解隐士的心理感受。无论是在内容、格式，还是题材上都具有开创性。正是由于早期有了这样优秀的隐逸之作，才使得隐逸题材的诗歌源源不断地出现。

名师释疑

复沓：又叫复唱，指句子和句子之间可以更换少数的词语，是诗歌或散文创作中常用的一种艺术表现手法。

无使：不要使。

庶士：众多随嫁的随从。

硕 人①

硕人其颀②，衣锦褧衣③。齐侯④之子⑤，卫侯⑥之妻。
东宫⑦之妹，邢⑧侯之姨⑨，谭⑩公维⑪私⑫。
手如柔荑⑬，肤如凝脂⑭，领⑮如蝤蛴⑯，齿如瓠犀⑰，
螓⑱首蛾眉，巧笑倩⑲兮，美目盼⑳兮。
硕人敖敖㉑，说㉒于农郊。四牡㉓有骄㉔，朱幩㉕镳镳㉖，翟㉗茀㉘以朝。
大夫夙㉙退，<u>无使</u>君劳。
河水洋洋㉚，北流活活㉛。施罛㉜濊濊㉝，鳣鲔㉞发发㉟，葭菼㊱揭揭㊲。
庶姜㊳孽孽㊴，<u>庶士</u>有朅㊵。

【注释】

①硕人：美人。 ②颀：身材修长的样子。 ③褧（jiǒng）衣：麻布做成的罩衣。 ④齐侯：指齐庄公。 ⑤子：指女儿。 ⑥卫侯：指卫庄公。 ⑦东宫：指齐太子得臣。 ⑧邢：国名，在今河北省邢台县。 ⑨姨：妻子的姐妹。 ⑩谭：国名，在今山东省历城县。 ⑪维：是。 ⑫私：古代女子称姐妹的丈夫为私。 ⑬荑（tí）：草木的嫩芽。 ⑭凝脂：冻结

的脂油。　⑮领：脖子。　⑯蝤蛴（qiú qí）：天牛的幼虫，身长而白。　⑰瓠（hù）犀：葫芦籽，白而整齐。　⑱螓（qín）：虫名，额头宽而方正。　⑲倩：笑时两颊出现的酒窝。　⑳盼：眼睛黑白分明的样子。　㉑敖敖：身材高挑的样子。　㉒说：同"税"，休息。　㉓牡：雄马。　㉔骄：健壮。　㉕幩（fén）：系在马嚼两边用来装饰的绸子。　㉖镳（biāo）镳：盛美的样子。㉗翟（dí）：长尾的野鸡。　㉘茀（fú）：车蔽，古代妇女乘车不露于世，车子的前后设有屏障用于隐蔽。　㉙夙：早。　㉚洋洋：河水盛大的样子。　㉛活活：水流动的样子。　㉜罛（gū）：渔网。　㉝濊（huò）濊：撒网入水的声音。　㉞鳣（zhān）：鲤鱼。鲔（wěi）：鳝鱼。　㉟发发：亦作"泼泼"，鱼在水中跳跃的声音。　㊱葭（tǎn）：荻苇。　㊲揭揭：长长的样子。㊳庶姜：众多陪嫁的姜姓女子。庶，众多。　㊴孽孽：衣饰华贵的样子。　㊵朅（qiè）：威武的样子。

【翻译】

　　身材高挑一美人，穿着锦衣披罩衣。她是齐侯好女儿，她是卫侯的美娇妻。她是太子好妹妹，她是邢侯小姨子，谭公是她的妹婿。手指纤纤像嫩荑，皮肤雪白又晶莹。美丽脖颈像蝤蛴，牙齿好比葫芦籽，额头方正蛾眉细，嫣然一笑露酒窝，美目流转生光辉。身材高挑一美人，停车休息在郊外。拉车雄马多健壮，红色幩绸多盛美，雉羽饰车来上朝。大夫朝毕早退去，别让卫君太劳累。河水汪洋白茫茫，哗哗奔流向北方。撒开渔网把鱼钓，鲤鱼鳝鱼活泼跳。芦荻高高随风摆。陪嫁姑娘衣服美，随嫁侍从真威武。

【点评】

这是《诗经》里面《国风》中的一首古诗，写里庄公夫人庄姜初嫁时的盛况，从衣着、肌肤、身高等多个角度盛赞夫人美丽绝伦。

这首诗通篇用了铺张手法，不厌其烦地吟唱了有关"硕人"的方方面面，直接描写她的美貌，除开头"硕人其颀，衣锦褧衣"的简短描写外，还在第二章以七个形象生动的比喻，细致地刻画了她的艳丽绝伦："手如柔荑，肤如凝脂，领如蝤蛴，齿如瓠犀。"于是，一个纤手柔软、肤色鲜洁、脖颈修美、牙齿匀整洁白，额角丰满、眉毛修宛的女子便浮现在眼前。此外，一句"巧笑倩兮，美目盼兮"从一颦一笑中描摹女子的惊艳，这成了后世描写美丽女子的佳话。诗人从华贵的身世到隆重的仪仗，从人事场面到自然景观，或明或暗，或隐或显，或直接或间接地衬托着庄姜的天生丽质。比如：在第一章说她的出身——她的三亲六戚，父兄夫婿，都是当时各诸侯国有权有势的头面人物，这说明她是门第高贵的贵夫人。第三、四章主要写婚礼的隆重和盛大，说明了她的富有。在第四章，七句之中，有六句连续用了叠字，那洋洋洒洒的黄河之水，浩浩荡荡北流入海；那撒网入水的哗哗声，那鱼尾击水的唰唰声，以及河岸绵绵密密、茂茂盛盛的芦苇荻草，形容些壮美鲜丽的自然景象，意在引出"庶姜孽孽，庶士有朅"。形容人数众多、声势浩大的陪嫁队伍，即男傧女侣都长得修长俊美。这样就把一位倾国倾城的贵族夫人的出嫁盛况描写到了极致。

名师指津

这首诗是我国古代最早描写女性容貌美丽、情态迷人的诗篇。全诗刻画精细，比喻新奇，开启了后世赞誉美人的先河，备受人们推崇。

氓①

氓之蚩蚩②,抱布贸丝。匪来贸丝,来即我谋③。送子涉淇④,至于顿丘⑤。匪我愆⑥期,子无良媒。将⑦子无怒,秋以为期。乘⑧彼垝垣⑨,以望复关⑩。不见复关,泣涕涟涟。既见复关,载笑载言。尔⑪卜⑫尔筮⑬,体⑭无咎言⑮。以尔车来,以我贿⑯迁。

桑之未落,其叶沃若⑰。于嗟⑱鸠⑲兮,无食桑葚。于嗟女兮!无与士耽⑳。士之耽兮,犹可说也。女之耽兮,不可说也。

桑之落矣,其黄而陨。自我徂尔㉑,三岁㉒食贫㉓。淇水汤汤㉔,渐㉕车帷裳。女也不爽,士贰其行。士也罔极㉖,二三其德。

三岁为妇,靡㉗室劳㉘矣。夙㉙兴㉚夜寐,靡有朝矣。言既遂㉛矣,至于暴㉜矣。兄弟不知,咥㉝其笑矣。静言思之,躬㉞自悼㉟矣。

及㊱尔偕老,老使我怨。淇则有岸,隰㊲则有泮㊳。总角㊴之宴,言笑晏晏。信誓旦旦㊵,不思其反㊶。反是不思,亦已㊷焉哉!

》名师释疑《
爽:差错。

【注释】

①氓(méng):民,指外来的人。 ②蚩蚩:笑嘻嘻的样子。 ③谋:商量。 ④淇:水名。 ⑤顿丘:地名,在今河南省清丰县。 ⑥愆:拖延。 ⑦将(qiāng):请。 ⑧乘:登。 ⑨垝(guǐ)垣:倒塌的土墙。 ⑩复关:地名,氓所居住的地方。 ⑪尔:你。 ⑫卜:占卜。 ⑬筮(shì):用蓍(shī)草占卦。 ⑭体:卦体。 ⑮咎言:不吉利的话。 ⑯贿:财物,这里指嫁妆。 ⑰沃若:润泽

49

的样子。　⑱于嗟：表感慨。　⑲鸠：鸟名，斑鸠。　⑳耽：沉迷，迷恋。　㉑徂（cú）尔：嫁给你。　㉒三岁：多年，"三"是虚指，言其多。　㉓食贫：过着贫穷的生活。　㉔汤（shāng）汤：水势浩大的样子。　㉕渐（jiān）：溅湿。　㉖罔极：无常。　㉗靡：无。　㉘室劳：家务劳动。　㉙夙：早。　㉚兴：起床。　㉛遂：安定无忧。　㉜暴：粗暴。　㉝咥（xì）：讥笑的样子。　㉞躬：自己。　㉟悼：伤心。　㊱及：与。　㊲隰（xí）：低湿的地。　㊳泮：同"畔"，水边。　㊴总角：代指童年。　㊵旦旦：诚恳的样子。　㊶反：违反。　㊷已：停止。

【翻译】

那个男子笑嘻嘻，抱着布匹来换丝。本意不是来换丝，是来找我论婚事。送你渡过淇水岸，直到顿丘才回返。并非我要拖日子，实在是你无良媒。请你不要生我气，就把秋天当婚期。登上那塌掉短墙，只求望见那复关。望不见你的复关，涕泪交流好心伤。终于望见那复关，有说有笑心欢喜。你又占卜又算卦，卦象显示很吉利。坐着车子来娶我，带着嫁妆嫁给你。桑叶未落很茂盛，叶子繁密又润泽。感叹那斑鸠鸟啊，不要去吃那桑葚。感叹那年轻姑娘，不要迷恋那男子。男子迷恋一女子，尚且可以摆脱掉。女子沉迷一男子，用情至深难忘记。桑树枯萎叶落净，叶子枯黄随风飘。自从我嫁到你家，生活多年好清贫。淇水浩浩又荡荡，溅着车帷湿漉漉。恪尽妇道无差错，你却无情有二心。男人说话没准头，三心二意德行坏。结婚多年守妇道，家事不用你操劳。早起晚睡勤劳作，没有一日休息过。家境好转渐安定，你却变心变粗暴。兄弟不知我处境，只是把我来讥笑。静下心来细思量，只能独自暗伤悲。曾想与你守到老，如今老来使我怨。淇水虽宽犹有岸，地势之地犹有畔。回想少年无忧虑，说说笑笑多欢乐。信誓旦旦言犹在，岂料反悔如此快。誓言违背不思改，那就从此都作罢。

【点评】

《氓》是一篇叙事抒情长诗，叙述了一个女子从恋爱到结婚到受到虐待又被抛弃的过程，是一个被抛弃的妇女的含泪哭诉，抒发了她对丈夫不忠的悲愤与怨恨。尽管她怀着对往事的无可奈何，但对爱情与婚姻的忠贞又表现出坚决的信心。

全诗分为六章，第一章写女子答应男子的求婚。男子以换丝为由头，来到女子这里求婚。第二章女子没有看透他的虚情假意，答应了他，并送他渡过淇水，即使他没有好的聘礼，女子也勇敢地许下诺言。

第三章与第四章中的"乘彼垝垣，以望复关。不见复关，泣涕涟涟。既见复关，载笑载言。尔卜尔筮，体无咎言。以尔车来，以我贿迁。"写女子既将出嫁时的心情。能看到你会很高兴，看不到你就会愁苦哭泣。在占卜过后，我带着嫁妆来到了你家。

第五章是一个感情上的转折，美好的爱情出现了波折，骗子的真面目露出来了。女子由对爱情的憧憬转入对自陷情网的追悔。"桑之未落，其叶沃若"，诗人用桑叶的鲜嫩来比喻女子的年轻美丽，"于嗟鸠兮，无食桑葚"，既"比"又"兴"，"先言它物以引起所咏之词"，假如一个女子贪恋情爱，那么也会像斑鸠那样遭到不幸。

第六章中的"于嗟女兮，无与士耽；士之耽兮，犹可说也；

名师指津

本诗揭露了男性对女性的压迫，反映了当时社会的不公。

女之耽兮，不可说也。"这是女子从自己被遗弃的遭遇中总结出来的血泪教训，她下定决心不再留恋过去，并告诫姐妹们，避免重蹈自己的覆辙。这里，诗人为我们展现了女子的后悔之意，同时也写出了这位女子坚强的一面。

第七章抒发了女子对负心男子的怨恨，用"桑之落矣，其黄而陨"来说明女子的容貌已经衰减了，揭示出她被氓抛弃的原因。"自我徂尔，三岁食贫"，道出了这位女子从结婚后一直是过着贫苦的生活，正是这样的生活使得她美丽的容貌很快憔悴了。而这位男子在骗到爱情和嫁妆之后，逐渐暴露出了他那冷酷的本性，女子被无情地抛弃了，女子的追求也像肥皂泡般破灭了。诗歌通过这位女子的控诉有力地揭露了男子负心的卑劣嘴脸。

第十一章写了女子被弃后的愤恨与决绝的心情，感情由此变得平静。其中，"及尔偕老，老使我怨"，鲜明地描绘出了她的坚强。回忆往事，对照今天，自己的命运是那样的不幸，当初的"旦旦""信誓"全被那个男子一手推翻了。女子透过男子背叛誓言的事，看清了他的卑劣。

第十三章中的"反是不思，亦已焉哉"，写出她对男子已经不抱什么希望，更不会有哀告，唯一有的就是对男子的愤恨和谴责。这首诗成功地塑造了一个由可爱的少女，到通情达理，到忍辱负重的妻子，到毅然决然维护爱情的妇女形象。

名师指津：运用了比兴的艺术手法，使诗歌主题更加鲜明，人物特点更加突出，加强了诗的思想感情。

伯① 兮

伯兮朅②兮，邦之桀③兮。伯也执殳④，为王前驱⑤。

自伯之⑥东，首如飞蓬。岂无膏沐⑦？谁适为容！

其⑧雨其雨，杲杲⑨出日。愿言⑩思伯，甘心首疾⑪。

焉得谖草⑫？言树⑬之背。愿言思伯。使我心痗⑭。

> 名师释疑
>
> 焉：哪里。

【注释】

①伯：女子对丈夫的称呼。　②朅（qiè）：健壮、勇武。
③桀：同"杰"，杰出的人才。　④殳（shū）：古代杖类兵器。
⑤前驱：前导。　⑥之：去。　⑦膏沐：发油与洗发水。　⑧其：语气助词，这里表示祈求语气。　⑨杲（gǎo）杲：明亮的样子。　⑩愿言：思念的样子。　⑪首疾：头疼。　⑫谖（xuān）草：即忘忧草。　⑬树：种植。　⑭痗（mèi）：病。

【翻译】

郎君健壮又勇武，国家中的一人才。郎君手执兵器殳，保卫国王做先锋。自从郎君东出征，蓬头垢面懒梳洗。难道没有润发油？精心打扮让谁看。久盼甘霖未降雨，红日当头高空照。一心思念郎君归，纵使头痛也心甘。去儿哪寻找忘忧草？找来栽种在后院。一心思念郎君归，郎君不归我心悲。

【点评】

这是一位爱国妇女所唱的思夫曲。

第一章写她为金戈铁马、英勇卫国的丈夫而感到自豪，但又被无尽的思念所折磨。

第二章中的"自伯之东，首如飞蓬。岂无膏沐？谁适为容！"用散乱的蓬草比喻女人的头发，表明这个女人好久都不梳洗了。

这个形象的比喻，表现了她刻骨的相思之苦和慵懒的神态。

这首诗写出了女子思夫心切的心情。先写夸夫，再写思夫苦闷而不顾容貌的装扮，进而写出了女子的疾首苦况，最后写出她本想借萱草以忘忧，可是又不忍忘。于是，便断然唱出："愿言思伯。使我心痗"，即便由思念酿成了心病也不在意了。

木 瓜

投①我以木瓜，报②之以琼琚③。匪④报也，永以为好也！

投我以木桃，报之以琼瑶。匪报也，永以为好也！

投我以木李，报之以琼玖。匪报也，永以为好也！

◆名师释疑◆

木瓜：果名，又名万寿果，乳瓜。

【注释】

①投：赠送。　②报：报答。　③琼琚（jū）：指美玉。后文中的"琼瑶""琼玖"同义。　④匪：同"非"。

【翻译】

你送我以木瓜，我回赠你琼琚。不只是报答你，是想和你永相好。你送我以木桃，我回赠你琼瑶。不只是报答你，是想和你永相好。你送我以木李，我回赠你琼玖。不只是报答你，是想和你永相好。

【点评】

这是一首节奏明快、简单易懂的诗歌。

看到诗歌令人想到了"投桃报李"，却又与"投桃报李"不同，回报的东西的价值要比受赠的东西贵重得多，这体现了人的高尚情感，在心心相印下，表现了男子对情意的珍视。因此，诗歌反复说"匪报也，永以为好也！"。从投"木瓜"，报"琼琚"，到最后投"木李"，报"琼玖"，让人看到的不仅是一来一去的礼尚往来，更是一种纯洁的"求好"之心。这首诗告诉人在懂得感念他人时要以更高层次的精神投入。

名师指津

诗歌所表达的宗旨，令人从中领略到了长长久久、绵延不绝的情谊。

黍① 离

彼黍离离②，彼稷③之苗。行迈④靡靡⑤，中心⑥摇摇⑦。知我者，谓我心忧；不知我者，谓我何求⑧。悠悠苍天，此何人哉⑨？

彼黍离离，彼稷之穗。行迈靡靡，中心如醉。知我者，谓我心忧；不知我者，谓我何求。悠悠苍天，此何人哉？

彼黍离离，彼稷之实。行迈靡靡，中心如噎⑩。知我者，谓我心忧；不知我者，谓我何求。悠悠苍天，此何人哉？

【注释】

①黍（shǔ）：黄米，一种农作物，今北方叫黍子。　②离离：庄稼一行行排列的样子。　③稷（jì）：高粱，古代一种粮食作物。　④行迈：行走。　⑤靡靡：（行走）缓慢的样子。　⑥中心：心中。　⑦摇摇：心神不安的样子。　⑧求：寻找。　⑨此何人哉：造成这种后果是何人呢？　⑩噎（yē）：塞住，大意是因过于忧虑而气逆以致不能呼吸。

【翻译】

那边的黍子已经粒粒垂穗，那边的稷才刚发苗。脚步缓慢地走着，内心难安。理解我的人说我是心中忧愁，不理解我的人以为我在寻求什么。苍天啊，造成这种后果是何人呢？那边的黍子已粒粒垂穗。脚步缓慢地走着，心事重重，昏昏如醉。理解我的人说我是心中忧愁，不理解我的人以为我在寻求什么。苍天啊，造成这种后果是何人呢？那边的黍子已经粒粒垂穗，果实已经成熟。脚步缓慢地走着，心中郁结梗塞。理解我的人说我是心中忧愁，不理解我的人以为我寻求什么。苍天啊，造成这种后果是何人呢？

【点评】

这是一首闵怀宗周的诗作。周平王迁都洛邑，历史上称为东周，是东周王国境内的诗歌。全诗通过所见之景，表达了世事变迁的重重忧愁。

平王东迁不久，一名大夫行至西周都城镐京，出现在眼前的是大片的离离之黍，昔日的宫阙城楼早已看不见了。作者在感慨万千时，悲伤不已，于是，便作出了这首感情真挚的诗篇。

全诗用相同的结构和由苗而穗、由穗而实的变化将情感在意象的变化中层层递进，随着时间的流逝、情景的转化，愁绪也逐层加深，同时赋予了这首诗更为宽泛、更为长久的激荡心灵的力量。

诗人路过西周都城时，看见田垄上整齐有序的禾苗，一片绿意和盎然生机的背后隐藏的是当年一代王朝的首都的繁华昌盛，如今却早已消失不见，不禁感慨万千。而禾苗的茂盛繁多也反衬了一个朝代的消逝，加剧了悲凉的心情。但是，这种忧思却不能被所有人理解，懂得的人知道那是忧伤，不懂的人还以为是有所求。可见，现实的不被理解增添了诗人忧愁苦闷的心情。接着，

◆名师释疑◆

镐（hào）京：在今陕西省长安西北。

由"苗"到"穗",是时间的推进,也是情感的升华,虽然后半句与前面的内容相同,但气势却更进一层。再者,由"穗"到"实",若说"苗"是希望,那"实"就是收获,从昏昏如醉到内心愁苦哽噎在喉。现实与内心的对比非常鲜明,进一步突出了心情的低落,后半句加剧了全文表情达意的气势。

全诗对黍和稷的意象发展变化,表达了诗人情感的升华。其实,情感的变化是无迹可寻的。但是,诗人所表达出来的情感赋予在了大自然的农作物上,两者的契合使得这种变化更为自然传神,触景生情,抒发了他对物是人非、世事变迁的感慨。全诗的后半句形式相同却情感递进,表达了诗人不被理解的愁苦烦闷,发问苍天,其感慨深沉而激昂!

名师指津

诗的第二章和第三章,稷已经从"稷苗"长成了"稷穗""稷实"。以象征诗人从心神不安转变成了"如醉""噎",表达出了作者对故国的感伤、思念之情。

君子①于②役③

君子于役,不知其期④。曷⑤至⑥哉?鸡栖于埘⑦,日之夕矣,羊牛下来⑧。

君子于役,如之何勿思⑨!

君子于役,不日不月⑩。曷其有佸⑪?鸡栖于桀⑫,日之夕矣,羊牛下括⑬。

君子于役,苟⑭无饥渴?

【注释】

①君子:这里指丈夫。 ②于:动词词头。 ③役:服劳役。 ④期:指服役的期限。 ⑤曷:何时。 ⑥至:归家。 ⑦埘(shí):(在墙壁上凿成的)鸡舍。 ⑧下来:指回家。 ⑨如之何勿思:怎能不想念。之,主谓之间的介词。

⑩不日不月：没法用日月来计算时间。日、月都作动词。　⑪有佸（yòu huó）：再会；相会。有，同"又"。佸，聚会。　⑫桀：鸡栖的木桩。　⑬括：至，来到。　⑭苟：且，或许，表示希望。

【翻译】

丈夫远出服役，不知他的限期。何时才能回家？鸡已回窠栖息，日头挂于天西，牛羊下山歇息。夫君远出服役，如何能不思念！丈夫远出服役，不知日月程期。何时才能重聚？鸡已回栏栖息，日头挂于天西，牛羊缓缓归至。夫君远出服役，但愿没有渴饥！

【点评】

本诗选自《诗经·国风·王风》，以居家妻子的口吻，表现出了落寞内心的独白。这首诗写妻子思念远方服役而没有归期的丈夫，通过黄昏乡村动物的归家图，反映出了妻子的孤独和对丈夫的思念，也表现了她对丈夫的担心和对战争的不满。

这首诗的篇幅虽小，却意蕴无限。

本诗开篇用"君子于役"直接点明主题，表明中心是围绕丈夫的服役而写。"不知其期"一句，看似写实，实际上带出了心中的无奈，渴望丈夫早归，却盼望无期，最让人煎熬的莫过于遥遥无期的等待。"曷至哉"抒发妻子胸中的疑问，但却没人能告诉她答案，这种没有答案的疑问更增添了她的忧思。"鸡栖于埘，日之夕矣，羊牛下来"是写景，作者用简单的语言，描写了一幅极为清晰可见的画卷——黄昏时分，鸡回家了，牛回家了，羊也回家了，可是"君子"呢？君子他服役去了，何时回家？叫我如

❥名师释疑❥

窠（kē）：鸟兽住的窝。

何不想念呢？傍晚本是丈夫与她团聚的时刻，但却看不到丈夫的身影。此情此景，给女子增添了无名的忧伤。

接着，依然是以"君子于役"开头，此句既是与上句对列，也表述出了这首诗的主旨。"不日不月"是不知道归期的意思，与上句用词不同，在不变中生出变化，避免了重复的内容，又加强了表达效果。"曷其有佸"，大意是什么时候才能回来相聚，是一个没有回答的问句，暗泪在不知不觉间涌上了心头。接下来是对归家景色的描绘，"鸡栖于桀，日之夕矣，羊牛下括"。

最后是文章的精华之笔，"君子于役，苟无饥渴？"顿时，所有的思念与盼归均化为一句关心的问候。情到深处，对方好便是对她的最好宽慰——服役在外，会不会挨饿受冻呢？在看似平常的话语里，表达了妻子对丈夫的真挚情感。

全诗勾画了一幅田园晚景图。在夕阳西下的乡村，鸡儿归圈、牛羊回栏，都有了各自的归宿，使妻子的心里萌生出对生死未卜、归无定期的丈夫的思念。夕阳下，妻子的身影，被夕阳拉得长长的，形影相伴，甚是孤单。在暮色茫茫中，淡淡地刻画出了一个孤独、寂寞的村妇。

在战争年代，分离的忧愁经常笼罩着每个家庭。这首诗凭借一曲独白，表达出了众多妻子思念丈夫的心声。在这简单的言辞中，写出了平淡而真挚的情感。

采　葛①

彼采葛兮，一日不见，如三月兮！

名师指津

表达了女子孤独惆怅地期盼丈夫归来的情形，但是最后这种期盼也变成了对丈夫的惦念和祝福。

彼采萧②兮，一日不见，如三秋兮！

彼采艾③兮，一日不见，如三岁兮！

【注释】

①葛：草本植物，根可食，茎可织布。

②萧：植物名，蒿的一种，供祭祀。

③艾：植物名，艾叶可供药用。

【翻译】

那个姑娘采葛藤，一日不见她，好似隔了三个月。那个姑娘去采蒿，一日不见她，好似隔了三个秋。那个姑娘去采艾，一日不见她，好似隔了三年久。

【点评】

这是一首男子思念心上人的诗。语言简洁，内容简单，情感直白。

"悲莫悲兮生别离，乐莫乐兮新相知。"热恋中的青年男女，都希望时时刻刻相守在一起，短暂的分离会让他们痛不欲生。当恋人不在身边的日子里，他们会觉得度日如年，一日有如三月、三秋、三年，甚至更长的时间。其实，这种时间错觉，都是他们的心理作用产生的。这首诗令无数恋爱中的男女产生共鸣，因此得以流传。

名师指津
看似疯言、疯语，实则是痴语、情语。

女曰鸡鸣

女曰鸡鸣，士曰昧旦①。子兴②视夜③，明星④有烂⑤。将翱将翔，弋⑥凫⑦与雁。

弋言加⑧之，与子宜⑨之。宜言饮酒，与子偕老。琴瑟在御⑩，莫不静好。

知子之来⑪之，杂佩⑫以赠之。知子之顺之，杂佩以问之。知子之好之，杂佩以报之。

【注释】

①昧旦：天将亮未亮的时候。　②兴：起。　③视夜：察看天色。　④明星：启明星。　⑤烂：明亮。　⑥弋（yì）：用带绳子的箭涉猎。　⑦凫（fú）：野鸭。　⑧加：射中。　⑨宜：烹调菜肴。　⑩御：用，弹奏。　⑪来：勤勉。　⑫杂佩：古人戴在身上的配饰。

【翻译】

女说"公鸡打鸣了"，男说"天色尚未亮"。"你快起来看天色，启明星在发亮。""野鸭与大雁将飞翔，快点射些回来做菜肴。""射中野味共烹煮，就菜下酒齐分享，与你相守到白头。你弹琴来我鼓瑟，生活宁静又美好。""你的勤勉我知晓，将我杂佩赠予你。你的温顺我知晓，赠你杂佩慰问你。你的深情我知晓，赠你杂佩报答你。"

【点评】

本诗是一对普通夫妻晨起的对话，富有浓厚的生活气息。

全诗犹如一出三幕短剧：妻子叫丈夫起床，丈夫不愿起床，推托说天未亮；面对即将出门打猎的丈夫，妻子无限温情，祈求丈夫满载而归，共享战利品；丈夫归来，对在家操持的妻子充满理解与疼惜，将杂佩赠予她。整部剧作，平易朴实、温情四溢，让人感受到了普通人家生活的简单美好，引人想象、憧憬。

名师指津

这是一首赞美年轻夫妇感情和睦、家庭温馨的对话体诗。全诗的句式由短变长，节奏逐渐变快，感情也由最开始的平淡而逐渐升温，体现了鲜明的人物个性，更真切地表达了诗人对美好生活的祈愿。

褰① 裳

子惠②思我，褰裳涉③溱④。子不我思，岂无他人？狂童之狂也且！
子惠思我，褰裳涉洧⑤。子不我思，岂无他士？狂童之狂也且！

> **名师释疑**
> 也且：语气词。

【注释】

①褰（qiān）：提起。　②惠：宠爱。　③涉：渡过。
④溱（zhēn）：水名，在今河南密县，下与洧水合流。
⑤洧（wěi）：水名。

【翻译】

你若喜欢、思念我，提起衣裙过溱河。你若没有想着我，难道没有别人想念我吗？你这狂妄无知的小子！你若喜欢、思念我，提起衣裙过洧河。你若没有想着我，难道没有别人想念我吗？你这狂妄无知的小子！

> **名师指津**
> 这句话女子虽然用了责怪的语气，但是她意在责怪男子对自己的感情不够强烈，体现出了她对男子感情的真挚和执着，而且表现得很大方得体，一点也不矫揉造作。

【点评】

这是一首女子大胆向男子表达爱意的诗歌，采自于郑国。在郑国，每年三月会举办一次青年男女聚会。在聚会中，男女之间会表达爱慕之情。

"子惠思我，褰裳涉溱"，其大意是你若喜欢我，就赶快提起衣裙从溱河、洧河对岸过来。这种大胆的表述，不仅表现出了女子对男子的喜欢，而且还刻画出了女子爽朗的性格。接下来的诗句进一步突出了她的性格，"子不我思，岂无他人？"子不我思，岂无他士？"大意是说就算是你不喜欢我，也会有别的人喜欢我，女子这样的豁达态度，着实令人敬佩。这是女子对男子的一种撒娇方式，描写得生动传神，体现了女子对男子的爱慕之情。其中，"狂童之狂也且！"看似在表达女子的不满情绪，实则是表达她希望心上人能尽早过河的焦急心理，加深了她对这份爱情的向往。短短的几句话，将女子的性格表现得淋漓尽致，不得不令人赞叹。

在古代，女子大多数较传统，且行为矜持，因此诗歌中呈现出的形象也偏向于委婉，但这首诗中的女子却与其他的女子有所不同，她大胆、直接地表述了自己的想法，言语间透露出了特有的泼辣和霸气，在当时是很少见的。因此，这首诗也成为当时诗歌中的精品。

丰①

子之丰兮，俟②我乎巷兮，悔予不送兮。

子之昌③兮，俟我乎堂④兮，悔予不将⑤兮。

衣⑥锦褧衣，裳锦褧裳。叔兮伯兮⑦，驾予与行。

裳锦褧裳，衣锦褧衣。叔兮伯兮，驾予与归。

《名师释疑》

驾：驾车。

【注释】

①丰：容貌好看。　②俟：等待。　③昌：身体健壮。　④堂：房屋的正厅。　⑤将：顺从。　⑥衣（yì）：动词，穿着。　⑦叔、伯：这里指迎亲的人。

【翻译】

你的容貌真丰美,后悔在巷子中没有跟从你。你的身体真健壮,后悔在那大堂上没有跟从你。身穿锦衣外罩衫,迎亲的叔伯驾着车来把我接走。身穿锦衣外罩衫,迎亲的叔伯驾着车接我去婆家。

【点评】

这是一首女子后悔没有嫁给未婚夫的诗。

封建时代,男女婚姻不自主。很多情况下,父母会根据家庭情况、媒人的牵线为子女选择配偶。男女双方本人,只有在结婚后才能看见对方长什么样子。即使在特殊情况下,比如参加某种活动,男女双方会相识、相恋,但结婚却不由他们自己做主。

《丰》这首诗中的女子就属于这种情况。她和自己的未婚夫在成婚前已经有了婚约,本以为可以如愿结合,却没想到女方父母突然反悔,拆散了一对有情人。在错过心上人后,女子伤心不已,依然十分怀念男子。她想念男子丰伟的仪容,健壮的体格,想念从前甜蜜而欢乐的时光,幻想着男子穿着锦衣、罩着外衫、带着迎亲的人来到家中迎娶自己。但是,这不过是一场妄想罢了。女子没有反抗父母之命的勇气,她所爱的男子也没有为爱抗争,甚至早已听从家里的安排另娶他人。这是多么可悲的事啊!

风 雨

风雨凄凄,鸡鸣喈喈①。既见君子。云②胡③不夷④?

❖名师释疑❖
君子:这里指夫君。

风雨潇潇，鸡鸣胶胶⑤。既见君子，云胡不瘳⑥？

风雨如晦⑦，鸡鸣不已。既见君子，云胡不喜？

【注释】

①喈（jiē）喈：鸡叫声。 ②云：句首语气词。 ③胡：怎么。 ④夷：平，指心中平静。 ⑤胶胶：鸡叫声。 ⑥瘳（chōu）：病愈。 ⑦晦：昏暗。

【翻译】

风凄凄雨凄凄，雄鸡叫不歇。已经见到我夫君，心中怎会不平静？风潇潇雨潇潇，雄鸡叫不休。已经见到我夫君，疾病怎会不痊愈？风雨交加天昏暗，雄鸡叫不止。已经见到我夫君，心情怎会不欢喜？

【点评】

这首诗写的是在经历无尽等待后终于等来了所等之人，其中的心情不言而喻。

在古代社会，由于交通、通信的不方便，以及社会道德规则的约束等一系列原因，人和人之间的联系就变得比较困难，尤其是尚未成婚的青年男女之间，经常会有一方饱受相思煎熬之苦。他们在漫长的、无望的等待中，品尝着苦涩的爱情滋味。在没有音信的等待中，他们进行着各种各样的猜测，经常是夜不能寐、食不甘味，甚至忧伤成疾。因此，便有了"一日不见，如隔三秋"的情感体验。

【名师释疑】

喜：这里指欢喜。

食不甘味：吃东西都觉得没有好味道。形容心里有事，吃东西也不香。

本诗写了所等之人终于如约到来后的欢娱心情。外面的世界风雨交加，并愈演愈烈，连鸡叫的声音都表示出了焦躁不安。此时，主人公的内心同样经历着一种凄风苦雨。就在心弦紧绷，一触即断的时刻，突然峰回路转，所等之人的身影突现，令主人公狂喜不已，之前的不悦瞬间一扫而光，种种不祥的预感烟消云散，甚至因相思、等待而来的"疾病"也一下子痊愈了。

全诗的基调很紧张，让人感受到了等待的揪心。当主人公如愿以偿后，人们也随之舒了一口气。但是，又有多少人能够如此幸运？又有多少人在无尽无望的等待中，渐渐失望、渐渐绝望。"你未如期归来"，正是这首诗的真正意义。

子 衿①

青青子衿，悠悠我心。纵我不往，子宁不②嗣音③？

青青子佩④，悠悠我思。纵我不往，子宁不来？

挑兮达兮⑤，在城阙⑥兮。一日不见，如三月兮。

【注释】

①子衿：周代读书人的服装。子，男子的美称，这里指"你"。衿，衣领。　②宁不：何不。　③嗣（yí）音：传音信。嗣，同"贻"，给、寄的意思。　④佩：系在衣带上的装饰品。　⑤挑兮达兮：往来轻急的样子。　⑥城阙：城门两边的观楼。

【翻译】

青青的是你的衣领，悠悠的是我思念你的心。纵然我不曾去找你，难道你就此断音信？青青的是你的佩带，悠悠的是我想你的情感。纵然我不曾去会你，难道你就不能主动来？来来往往地眺望着，在这高高城楼上。一天不见你，好像已经有了三月长！

【点评】

<u>这首诗出自《郑风》，写一个女子在城楼上等她的恋人。</u>朱熹指出："此亦淫奔之诗。"钱锺书先生在《管锥编》里也写道："'纵我不往，子宁不嗣音？''子宁不来？'薄责己而厚责于人，已开后世小说言情心理描绘矣。"总的来说，还是一篇抒写女子对恋人的思念之作。

这首诗全诗三章，采用倒叙手法。

前两章以"我"的口气自述怀人，以恋人的"子衿""子佩"借代恋人，心中思念无法寄托，只能睹物思人，悠悠的相思只能在无数次的回忆中萦绕。"纵然我没有去找你，你为何就不能捎个音信？纵然我没有去找你，你为何就不能主动前来？"俏皮的嗔怪是对恋人假意不满，实则是等待的焦虑和思念已经占满心扉。

第三章点明地点，写她在城楼上因久等恋人不至而心烦意乱，来来回回地走个不停，虽然只有一天不见面，却好像分别了三个月那么漫长。仅用"挑""达"二字就将少女的心烦表露无遗，爱而不见，只能徘徊长叹。

全诗不到五十字，却将女主人公等待恋人时的焦灼心情栩栩如生地刻画出来。这种高超的艺术技巧，得益于诗人在创作

名师指津

这首诗通过对女子在城楼上焦急等待爱人的描写，体现了当时社会女子所表现出来的独立自主、自由平等的思想观念和精神。女子在诗中大胆表现她的感情，毫不遮掩地显露出自己对爱人的思念。这样的诗作在《诗经》众多的爱情诗中显得颇有代表性。

中运用了大量的心理描写，如前两章对恋人既无音信、又不见人影的埋怨，两段埋怨之辞，以"纵我"与"子宁"对举，急盼之情中不无矜持之态，令人生出无限遐想，可谓字少而意多。末章"一日不见，如三月兮"的独白，通过夸张修辞手法，造成主观时间与客观时间的反差，从而将其强烈的情绪形象地表现了出来，可谓因夸以成状，沿饰而得奇，情感起伏真实，意蕴丰富含蓄。

出其东门

出其东门，有女如云①。虽则如云，匪②我思③存④。缟⑤衣綦⑥巾，聊⑦乐我员。

出其闉闍⑧，有女如荼⑨。虽则如荼，匪我思且⑩。缟衣茹藘⑪，聊可与娱。

❥名师释疑❥

员：相当于助词"云"。

【注释】

①如云：形容众多。　②匪：同"非"。　③思：语气助词。　④存：想念。　⑤缟（gǎo）：白色。　⑥綦（qí）：淡绿色。　⑦聊：且。　⑧闉闍（yīn dū）：外城门。　⑨荼（tú）：形容众多。　⑩且（jū）：慰藉。　⑪茹藘（rú lú）：茜草，可做红色染料，这里代指红色佩巾。

【翻译】

信步走出东城门，美女熙熙多如云。虽然美女多如云，无一是我意中人。白色衣裳绿佩巾，深得我心共欢乐。信步走出外城门，美女熙熙多如茅。虽然美女多如茅,无一是我意中人。白色衣裳绿佩巾,甚合我意共愉悦。

【点评】

《出其东门》属于《诗经·郑风》的第十九篇,是一首表现爱情专一的颂歌。在这首诗中,可以看到男子对身穿白衣、头戴青巾的女子的钟情。

全诗共六句,每三句一章,共两章。全诗以简洁的语言描绘出了两幅唯美的画面,表达了男子对爱情的专一。第一章,男子出东门看见美女如云却不为所动,单单喜欢一个身穿白衣、头戴青巾的普通姑娘。在这里,表现出了男子的专情。第二章,男子出东门看见了美女却没有动心,唯独喜欢那个身穿白衣、头戴青巾的姑娘。

全诗可以看出男子不以貌取人,也不看重女子的家庭背景,这种感情是纯情的,不受外界的半点诱惑。这种专一的爱情观念,成为众多男子推崇的典范。

溱 洧①

溱与洧,方涣涣②兮。士③与女,方秉④蕑⑤兮。女曰观乎?士曰既⑥且⑦。且⑧往观乎?

洧之外,洵⑨訏⑩且乐。维⑪士与女,伊其相谑⑫,赠之以勺药。

溱与洧,浏⑬其清矣。士与女,殷⑭其盈⑮矣。女曰观乎?士曰既且。且往观乎?

洧之外,洵訏且乐。维士与女,伊其将谑,赠之以勺药。

《名师释疑》

勺药:即芍药。古人离别常用以相赠。

诗经选译

【注释】

①溱洧：两条河名，在今河南境内。 ②涣涣：水势盛大的样子。 ③士：男子。 ④秉：拿着。 ⑤蕳（jiān）：兰草。 ⑥既：已经。 ⑦且：同"徂"，去。 ⑧且：姑且。 ⑨洵：确实。 ⑩訏（xū）：大。 ⑪维：语气助词。后文"伊"同上。 ⑫谑：调笑。 ⑬浏：水清澈的样子。 ⑭殷：多。 ⑮盈：满。

【翻译】

溱水流，洧水流，水势盛大波浩瀚。男男女女来春游，手拿兰草驱邪魔。姑娘说："咱们一起去观看？"小伙说："已经去看过。"姑娘说："姑且再去看一次。"洧水外，河岸边，场地开阔好玩乐。男男女女互相调笑，赠送芍药把情定。溱水流，洧水流，水流清澈能见底。男男女女来春游，人山人海好热闹。姑娘说："咱们一起去观看？"小伙说："已经去看过。"姑娘说："姑且再去看一次。"洧水外，河岸边，场地开阔好玩乐。男男女女互相调笑，赠送芍药把情定。

【点评】

<mark>这首诗描写的是郑国民间男女在三月三日上巳节这一天一起春游的情景。</mark>

春秋时期，三月三日在水边举行祭祀、拔除不祥的活动。《后汉书·礼仪志》引《韩诗外传》记载道："郑国之俗，三月上巳之溱洧两水之上，招魂续魄，秉兰草，被不祥"；《论语》中孔子说："暮春者，春服既成，冠者五六人，童子六七人，浴乎

名师指津

该诗先整体写，由"殷其盈矣"来体现参加此次活动的青年人多。而诗人描写这个大的背景是为了给下面写一对情人相会做背景铺垫的。

沂，风乎舞雩，咏而归。"记录的就是当时的情景。后来，节日的活动内容逐渐丰富、改变。东晋时期，书法家王羲之著名的《兰亭集序》中有："暮春之初，会于会稽山阴之兰亭，修禊事也。"这是文人墨客在上巳节的风雅活动；唐代诗人杜甫的《丽人行》有名句："三月三日天气新，长安水边多丽人。"上巳节渐渐演变为颇具娱乐性质的春游活动。

整首诗一共两章，第二章只是改动了第一章的个别词，进行了重复的吟唱。在春日阳光明媚的一天，男男女女来到溱水、洧水岸边游玩。景色宜人，青年男女春心萌动，他们互相调笑，享受这难得的自由、欢乐时光，他们抓住机会，互赠芍药来表达爱慕，定下盟约。全诗宛如一幅醉人的春游图，令人神往。

鸡　鸣

鸡既鸣矣，朝①既盈②矣。匪③鸡则鸣，苍蝇之声。

东方明矣，朝既昌④矣。匪东方则明，月出之光。

虫飞薨薨⑤，甘与子同梦。会⑥且归矣，无庶⑦予子憎。

《名师释疑》
憎：恨，厌恶，嫌。

【注释】

①朝：朝廷。　②盈：满。　③匪：同"非"。
④昌：盛多的样子。　⑤薨（hōng）薨：拟声词，虫飞的声音。
⑥会：上朝。　⑦无庶：相当于"庶无"，希望。

【翻译】

雄鸡已经喔喔叫，朝堂大臣都来到。非是雄鸡打鸣声，应是

71

苍蝇嗡嗡声。太阳高升东边亮,朝堂挤满诸大臣。非是东边太阳亮,应是月儿的白光。虫儿嗡嗡叫,愿与你共入梦。朝会完毕即归来,望你不要埋怨我。

【点评】

《齐风·鸡鸣》与《郑风·女曰鸡鸣》同为夫妻二人清晨起床的一段对话。不同的是,本诗《齐风·鸡鸣》是一对贵族夫妇,而后者则是一段普通老百姓的对话。

全诗内容如下:妻子说雄鸡已经打鸣了,该上朝了,丈夫说:不是雄鸡打鸣,那是苍蝇嗡嗡的叫声;妻子说太阳高升了,该上朝了,丈夫说,不是太阳的光亮,那是晚上月亮照,天还未亮呢;妻子马上要失去耐心了,丈夫赶紧起床了,向妻子继续说着甜言蜜语。这首诗歌充满了生活的情趣。

名师指津

与之前的《女曰鸡鸣》类似,这又是一首对话诗,全诗以男女对话的形式展开,结构精巧,构思新奇,诗中以四言为主,穿插以五言,形式变化多样,句式灵活多变,相当于诗歌中的散文。

东方未明

东方未明,颠倒衣裳①。颠之倒之,自公②召之。

东方未晞③,颠倒裳衣。倒之颠之,自公令之。

折柳樊④圃,狂夫瞿瞿⑤。不能辰⑥夜,不夙⑦则莫⑧。

【注释】

①衣裳:古时上身穿的叫"衣",下身穿的叫"裳"。 ②公:公家,王公贵族。 ③晞:"昕"的假借字,指天未亮。 ④樊:篱笆。 ⑤瞿(jù)瞿:瞪着眼睛看的样子。 ⑥辰:即"晨"。 ⑦夙:早。 ⑧莫:同"暮"。

【翻译】

东方未明天未亮,丈夫衣裳穿颠倒。丈夫衣裳穿颠倒,只因公家召唤忙。东方未明天未亮,丈夫衣裳穿颠倒。丈夫衣裳穿颠倒,只因公家命令急。折柳围篱筑菜园,狂夫对我把眼瞪。不分黑白与昼夜,不是早起就晚睡。

【点评】

本诗描写了封建时代被压迫的百姓的辛苦生活。

全诗一共三章,选取了一个典型的生活场景,浓缩而集中地反映了人民的悲惨生活。诗歌前两章进行反复咏唱:东方天还未亮,丈夫却不得不摸黑起床,黑暗慌乱中,将衣裳穿反。穿反衣服本是一个滑稽的失误,却只因是为公家办事,被逼后的匆忙一幕,百姓的辛酸可见一斑,充满了苦涩的味道。第三章诗人直接抒情,控诉着自己的不幸:辛勤劳动仍然不免遭受不公平待遇,公家待人苛刻,毫无人情味可言;自己干活不分昼夜,起早贪黑,遭受着身体与心理的双重折磨。

在封建时代,普通百姓没有地位、没有土地,更没有最基本的生活保障。百姓们做着最辛苦的营生,早出晚归、勤勤恳恳,依然不能吃饱穿暖。在干完自己的活儿后,还要为贵族服劳役,生活充满艰辛令人同情。

名师指津:《诗经》中时常有《东方未明》之类吟咏艰难生活的悲歌、怨歌。

南 山①

南山崔崔②,雄狐绥绥③。鲁道有④荡⑤,齐子⑥由归⑦。既曰

诗经选译

名师释疑

怀:怀念,惦记。

归止⑧,曷又怀止?

葛屦⑨五⑩两,冠緌⑪双止。鲁道有荡,齐子庸⑫止。既曰庸止,曷又从止?

蓺⑬麻如之何?衡从⑭其亩。取⑮妻如之何?必告父母。既曰告止,曷又鞠⑯止?

析薪⑰如之何?匪斧不克⑱。取妻如之何?匪媒不得。既曰得止,曷又极⑲止?

【注释】

①南山:齐国山名,又名牛山。 ②崔崔:山势高峻的样子。 ③绥绥:慢慢走的样子。 ④有:形容词词头,没有实义。 ⑤荡:平坦。 ⑥齐子:齐国的女儿,这里指齐襄公同父异母的妹妹文姜。 ⑦由归:从这里出嫁。 ⑧止:语尾助词。 ⑨葛屦(jù):麻、葛做成的鞋。 ⑩五:同"伍",并列。 ⑪冠緌(ruí):帽子两边下垂的带子。 ⑫庸:用。 ⑬蓺:即"艺",种植。 ⑭衡从:同"横纵"。 ⑮取:同"娶"。 ⑯鞠(jū):放任。 ⑰析薪:劈柴。 ⑱克:能够。 ⑲极:来到。

【翻译】

南山巍峨高而峻,雄狐步履缓而慢。鲁国大道平而坦,齐女文姜从这儿嫁。既然她已嫁鲁桓,为何你还惦记她?葛鞋双双并排放,两端帽带垂耳旁。鲁国大道平荡荡,齐女文姜从儿这嫁。既然她已嫁鲁桓,为何你还恋着她?农民如何种大麻?田地纵横

74

有定法。男子如何娶妻子？必定先告知父母。既已告与父母知，为何还要放任她？柴夫如何把柴劈？不用斧头无法劈。男子如何把妻娶？没有媒人办不到。既然妻子娶回家，为何让她回娘家？

【点评】

这是一首普通民众对贵族阶层讽刺的诗歌。

《毛诗序》中有："《南山》，刺襄公也。鸟兽之行，淫乎其妹，大夫遇是恶，作诗而去之。"齐宣公与同父异母的妹妹文姜有染。齐姜嫁给鲁桓公后，在同丈夫回门探亲中，继续与齐宣公私通，丈夫鲁桓公发现后责备了她。文姜告诉齐宣公，并与齐宣公共同谋杀了丈夫鲁桓公。此事被齐国的百姓知道后，震惊不已，便作诗讽刺二人的无耻行为，同时也对鲁桓公的懦弱进行了嘲讽。

这首诗采用了复唱的方式，对发生在齐国贵族的荒唐事进行诘问和讽刺，全诗一共分为四章，内容很好理解。因为是下层民众共同创作讥讽他们国君的诗，所以表达得比较含蓄。

作为国君的齐宣公，治理国家、教化百姓，理应去做百姓的榜样，可他却"乱自上作"，败坏人伦、败坏道德，使其难以服众；作为兄妹的齐宣公和文姜，本应该相敬友爱，却做出为人不齿的私通丑事，成为贵族的耻辱；本已嫁人的文姜，婚后本应恪守妇道，忠于丈夫，但她却与自己的兄长乱伦，最终谋害了自己的夫君，可憎可恨；作为丈夫的鲁桓公，当发现自己妻子的丑事后，本应该有激烈的反应，可他懦弱无能，最终反被人杀害。此诗将诸侯贵族内部的丑陋、虚伪形象地表现出来了。

名师指津

这首诗意在讽刺本国和鲁国的君主，因此在用词上不得不有所斟酌，有所顾忌。全诗在用词上十分小心谨慎，避免了言语过于直白，只用了隐晦的笔墨来描述表现，但是效果突出。

葛 屦①

纠纠②葛屦，可以履③霜？掺掺④女手，可以缝裳？要⑤之襋⑥之，好人⑦服之。

好人提提⑧，宛然⑨左辟⑩，佩其象揥⑪。维⑫是⑬褊心⑭，是以为刺。

名师释疑
刺：讽刺、批评。

【注释】

①葛屦：夏天穿的葛绳制成的鞋。 ②纠纠：纠缠交错的样子。 ③履：踩。 ④掺（xiān）掺：音义同"纤纤"，形容女子的手纤细美丽。 ⑤要：同"腰"。 ⑥襋（jí）：衣领。 ⑦好人：主人、美人。 ⑧提提：安详舒服的样子。 ⑨宛然：形容转身的样子。 ⑩辟：同"避"。 ⑪象揥（tì）：象牙做的簪子。 ⑫维：语气助词。 ⑬是：代词"这"，指"好人"。 ⑭褊心：心胸狭隘。

【翻译】

穿着夏天破旧的葛鞋，如何可以踏寒霜？缝衣女子手纤细，怎么可以缝衣裳？提着腰带和衣领，请那主人试新衣。美人不睬偏装腔，转身躲避在一旁，拿起簪子头上插。这个主人的心胸窄，因此把她来讽刺。

【点评】

这是缝衣的女奴所唱。她们辛辛苦苦地"为他人作嫁衣"，自己却在严寒隆冬穿着破草鞋，饥肠辘辘，瘦弱不堪。她们痛恨奴隶主贵族的不劳而获，便唱歌讽刺那些寄生虫（即所谓的贵人）。"好人提提"是反语，"维是褊心"才给予了最直接的讽刺。

"纠纠葛屦，可以履霜？"描述的是女奴们在霜雪严寒之中，穿着草鞋劳动。可见，她们在奴隶主残酷剥削的压迫下，生活是何等痛苦。"好人"也就是贵妇，是象牙箴儿头上戴。诗中的贵妇是女奴们的冤头、阶级敌人，女奴们的悲惨生活就是她们奴隶主贵族造成的，看到贵妇盛装装扮、搔首弄姿之状，更激起她们心中的无比怨愤。在忍无可忍时，她们便喊出"维是褊心，是以为刺"的呼声。实际上，满腔怒火的奴隶们要控诉与揭露的，是千言万语也说不尽的。

> **名师释疑**
> 象牙箴（bì）儿：象牙做的梳头工具。

全诗共分为两章，前一章着力描写缝衣女的穷困潦倒，天气已转为寒冷，但脚上仍穿着夏天的鞋，双手纤细，瘦弱无力。自己受冻，所做的新衣不能穿身，还要服侍贵妇试穿。全文运用了对比手法，使之形成强烈的反差，给人留下了深刻的印象。

本诗注重细节描写，这对塑造人物形象或揭示人物性格起到了重要作用。如写女奴的脚和手，脚穿凉鞋，极其受冻的状态，手指瘦弱，极其挨饿的状态。在写贵妇时，没有写她们的容貌，只写了她们试衣服时傲慢无礼的神态和扭动身体的动作，以及佩戴饰品时的动态，刻画出一个自私吝啬、无情无义的贵妇形象。"维是褊心，是以为刺"这两句话起到了点题的作用。讽刺意味十足，若没有这两句，此诗便平淡无奇。

> **名师指津**
> 这段话是拿缝衣女奴的衣着体态与贵妇人进行对比，两人之间的差距瞬间拉开。缝衣女奴吃不饱穿不暖，天气寒冷还穿着草鞋；而贵妇人不但穿着华丽，而且还神态傲慢地接受女奴的服侍。一穷一富、一贱一贵，两个完全相反的形象立刻深深刻入了读者的脑海里。

园 有 桃

园有桃，其实①之②肴③。心之忧矣，我歌且谣。不知我者，谓我士④也骄。

彼人是⑤哉，子⑥曰何其？心之忧矣，其谁知之？其谁知之，盖⑦亦勿思！

园有棘⑧，其实之食。心之忧矣，聊⑨以行国⑩。不知我者，谓我士也罔极⑪。

彼人是哉，子曰何其？心之忧矣，其谁知之？其谁知之，盖亦勿思！

【注释】

①其实：它的果实。 ②之：是。 ③肴：吃。 ④士：古代下层官吏。 ⑤是：对。 ⑥子：你。 ⑦盖：同"盍"，何不。 ⑧棘：酸枣树。 ⑨聊：姑且。 ⑩行国：离开国都。 ⑪罔极：无常。

【翻译】

园里有株桃树，它的果实可以食用。我心忧伤，姑且唱歌来排遣。不了解我的人，说我太骄傲。那人是对还是错，你说我该如何做。我心忧伤，谁又知晓？既然无人知晓，何不别去思考？园里有株酸枣树，它的果实可以食用。我心忧伤，姑且离开这国都。不了解我的人，说我太骄傲。那人是对还是错，你说我该如何做。我心忧伤，谁又能知晓？既然无人知晓，何不别去思考？

【点评】

　　这是一个穷愁潦倒的人，他受尽了人们的讥讽凌辱，受尽了饥寒之苦，无以为生，满怀愤懑，自悼身世飘零。他对奴隶主阶级的"彼人"（即所谓的"君子"）是深恶痛绝的。他转述别人评述他自己的话，是一个不得志的士人对自我的一种解嘲。

　　第一章前两句是以所见园中桃树起兴，诗人有感于它们所结的果实可供人食用，美味又可饱腹，而自己却无所可用，怀才不遇的情感使他的心中愤愤不平。所以，在三、四句中接着说"心之忧矣，我歌且谣"，诗人无法从心中的愤愤不平中解脱出来，只能放声高歌聊以自慰。在五、六句中，诗人"行国"是要改变一下令他不愉快的生活环境。他的思想、他的忧虑，特别是他的行为，国人无法理解，因此对他存有误解。所以，诗人感到极其委屈，为无法表达自己的心迹而无可奈何。在七、八句中表述"彼人是哉，子曰何其"，这两句是诗人的自问自答，展现了无人理解他的痛苦和矛盾。最后四句"心之忧矣，其谁知之？其谁知之，盖亦勿思"，诗人以有识之士自居，却为无知己而悲伤。全诗给人以"欲说还休"的感觉，风格沉郁顿挫。

伐　檀[①]

　　坎坎[②]伐檀兮，寘[③]之河之干[④]兮。河水清且涟[⑤]猗[⑥]。

　　不稼[⑦]不穑[⑧]，胡[⑨]取禾[⑩]三百[⑪]廛[⑫]兮？不狩[⑬]不猎，胡瞻[⑭]尔庭有县[⑮]貆[⑯]兮？

　　彼君子[⑰]兮，不素餐兮！

◆名师释疑◆

愤懑：气愤；抑郁不平。

素餐：白吃，不劳而获。马瑞辰《毛诗传笺通释》引《孟子》赵歧注："无功而食谓之素餐。"

坎坎伐辐[18]兮,寘之河之侧兮。河水清且直[19]猗。

不稼不穑,胡取禾三百亿[20]兮?不狩不猎,胡瞻尔庭有县特[21]兮?

彼君子兮,不素食兮!

坎坎伐轮兮,寘之河之漘[22]兮。河水清且沦[23]猗。

不稼不穑,胡取禾三百囷[24]兮?不狩不猎,胡瞻尔庭有县鹑兮?

彼君子兮,不素飧[25]兮!

【注释】

①檀:树名,木材可以造车。 ②坎坎:象声词,伐木声。 ③寘(zhì):同"置",放。 ④干:岸,水边。 ⑤涟:水波纹。 ⑥猗(yī):用法同"兮",语气词。 ⑦稼:耕种。 ⑧穑(sè):收获。 ⑨胡:为什么。 ⑩禾:谷物。 ⑪三百:极言其多,非实数。 ⑫廛(chán):古代一夫之所居曰廛,三百廛指三百夫所耕之田穀,甚言多,不是确数。 ⑬狩:冬猎,此诗中皆泛指打猎。 ⑭瞻:望见。 ⑮县:同"悬"字。 ⑯貆(huān):猪獾。 ⑰君子:此系反话,指靠剥削生活的统治者。 ⑱辐:车轮上的辐条。 ⑲直:水流的直波。 ⑳亿:十万,指禾把的数目。 ㉑特:大兽。《毛传》中有"兽三岁曰特。"一说。 ㉒漘(chún):水边。 ㉓沦:小波纹。 ㉔囷(qūn):圆形的谷仓,即囤。 ㉕飧(sūn):熟食,此泛指吃饭。

【翻译】

砍伐檀树声坎坎,棵棵堆放在河旁,河水清清微波转。不播种来不收割,为何捆捆禾束往家搬?不冬狩来不夜猎,为何庭院猪獾悬？那些老爷君子啊，不是白白吃闲粮啊！砍下檀树做车辐，放在河边堆一处。河水清清直流淌。不播种来不收割，为何捆捆禾束要独享？不冬狩来不夜猎，为何庭院兽悬梁？那些老爷君子啊，不是白白吃干饭啊！砍下檀树做车轮，棵棵放倒河边屯。河水清清起波纹。不播种来不收割，为何捆捆禾束要独吞？不冬狩来不夜猎，为何庭院挂鹌鹑？那些老爷君子啊，不是白白吃熟饭啊！

【点评】

这首诗出自《魏风》，是一首写伐木者的诗歌。全诗以伐木者的口吻而作，表达了对残酷剥削、不劳而获的统治阶级的憎恶。这首诗是《诗经》中反剥削的代表作之一。

全诗共三章十五句。首句"坎坎伐檀兮，寘之河之干兮"写明了他们所做的事情是伐木，并且把砍好的树干放在河岸旁。"坎坎"是拟声词，是砍伐树木的声音，将伐木的形象生动地表现了出来。次句"河水清且涟猗"是景物描写，在树木成林、河水围绕的山间砍伐，声音穿透林间，伐木人把砍好的树木运送到河边，看见清澈的水欢乐地流淌，身心的疲惫就在涟漪的波浪里散开了。另外，"不稼不穑，胡取禾三百廛兮？不狩不猎，胡瞻尔庭有县貆兮？"这种铿锵的质问，在大自然毫不吝啬的慷慨中显得掷地有声，试问：凭什么你们不耕作、不打猎就能白白地享用粮食和猎物？他们开始思考这种不公平来自哪里。在思想落后的奴隶时代，有人开始思考，这是一种进步表现。这里的"稼、穑、狩、猎"泛指所有劳动。在经济水平落后的年代，农业和打猎是他们最主要的生活来源。因此，

名师指津

伐木者辛勤的劳动，每日只有在看到流淌的清澈河水时才能得到一点心灵的慰藉。每天面对这样的残酷剥削，他们终于醒悟，对统治阶级的不劳而获提出了质问。但是，因为二者身份地位差距悬殊，伐木者没有推翻统治阶级的能力，因此二者之间的矛盾是不可调和的，也只能借诗歌的方式来宣泄心中的不满。

种植和打猎成了他们生活中最重要的生产活动。"廛"是当时的量词,"三百"并不是确数,而是指很多。最后用一句"彼君子兮,不素餐兮",像是一种有力的警告:不要再吃白食了。遗憾的是,这种警告只是声音有力,效果却很苍白,统治者与被统治者之间存在着不可调和根本无法避免的矛盾。但是,这样的警告是需要觉醒的。

第二章、第三章在结构句式及内容上都与首章相近,檀木是一种做车的木材,第二、三章中的"辐"与"轮"正有此意。"何之干""河之侧""河之漘"都是河边,这可能与当时的交通有很大关系,堆放在河边,再用水路进行运输。河水清"且涟""且直""且沦"都是在说水波荡漾,其中的"猗"是语气词,这是诗歌的特色。"三百亿"和"三百囷"都是概数量词,用来表明剥削的程度。"貆""特""鹑"是三种猎物的名称,在这里指代所有的猎物。第二章中的"不素食兮"与第三章中的"不素飧兮"这类相同的句式内容,在一次又一次的反复咏叹中加深了他们的愤怒之情,也加深了对统治者的仇视与不满,使思想和情感得到了畅快的倾泻。

这首伐木者之歌是伐木人在伐木时一边伐木一边歌唱出来的,叙述了他们的不满情怀。在全诗中,没有特别的修饰与美化,单调甚至有点重复,用四言到八言的不同句式,抒发了一个群体对剥削者的怨愤不满的情感,生动贴切,体现了可贵的艺术价值。

硕 鼠①

硕鼠硕鼠,无②食我黍!三岁③贯④女⑤,莫我肯顾。
逝⑥将去⑦女,适⑧彼乐土⑨。乐土乐土,爰⑩得我所⑪。

名师指津
"莫我肯顾"是"莫肯顾我"的倒文。意为"从来不顾及我的生活"。下文中"莫我肯德""莫我肯劳"同为倒装句。

硕鼠硕鼠，无食我麦！三岁贯女，莫我肯德⑫。

逝将去女，适彼乐国。乐国乐国，爰得我直⑬。

硕鼠硕鼠，无食我苗！三岁贯女，莫我肯劳⑭。

逝将去女，适彼乐郊。乐郊乐郊，谁之⑮永⑯号⑰？

【注释】

①硕鼠：大老鼠。一说田鼠。这里比喻剥削者。　②无：勿，不要。　③三岁：多年，极言其时间长。三，非实数。　④贯：侍奉，一说同"豢"，一说同"宦"。　⑤女：同"汝"，你。　⑥逝：同"誓"。　⑦去：离开。　⑧适：到……去。　⑨乐土：可以安居乐业的地方。　⑩爰（yuán）：于是，在此。　⑪所：处所，可以安居的地方。　⑫德：恩惠，这里用作动词，加惠。　⑬直：同"植"，相当于"所"，这里指适宜的处境。　⑭劳：慰劳。　⑮之：其，表示诘问语气。　⑯永：长。　⑰号：呼喊。

【翻译】

大田鼠呀大田鼠，不许吃我种的黍！多年辛勤养着你，你却从不照顾我。发誓要摆脱你，去那幸福的乐土。那乐土，才是我的好去处！大田鼠呀大田鼠，不许吃我种的麦！多年辛勤养着你，你却从不优待我。发誓要摆脱你，去那仁爱的乐国。那乐国，才是我的好居处！大田鼠呀大田鼠，不许吃我种的苗！多年辛勤养着你，你却从不慰劳我！发誓要摆脱你，去那欢快的乐郊。那乐郊，有谁去过徒长号！

【点评】

这首诗出自《诗经·国风·魏风》，是魏国的民歌。这是一

诗经选译

首劳动者之歌，反映了人民对统治阶级残酷剥削的不满。同时，也表达了要寻找幸福乐园的美好愿望。题名为"硕鼠"意在用硕鼠来讽刺当政者，表达了底层人民对上层统治阶级的厌恶之情。

全诗一共三章。首句点题"硕鼠硕鼠，无食我黍"，硕鼠就是大老鼠，用"硕"字来表示统治者剥削的残酷程度之深，后半句发出强有力的警告，不许吃我的黍，发出了"不许再这样压迫剥削我们了"的呼声！"三岁贯女，莫我肯顾"，"三岁"不是确指，而是概数，多年来养育着你，你都不肯眷顾我，语气中满是心酸与无奈，是被逼迫到无路可走的境地下发出的感慨。"**逝将去女，适彼乐土**"，到此首章接近尾声，发出了向往乐土、要寻找乐土的理想。最后一句"乐土乐土，爰得我所"承接上句，表示只有没有压迫与剥削的乐土才是他们得以生存、获得幸福的家园！第二章、第三章与第一章结构相仿，首句重叠大喊硕鼠，只是由黍到麦，再到苗，剥削越来越重，越来越尖刻，感情也随之而递进，从"莫我肯德"，到"莫我肯劳"，表明了剥削是越来越重了，而对待我们的态度不仅没有丝毫好转，更是一丝一毫的眷顾都没有，故而"逝将去女"，要去那乐国、乐郊，只有那里，才是适宜生存的乐土，不同的是第三章的"谁之永号？"用了一个反问句收尾，就更加鲜明地摆出了诗歌的观点，反对压迫，追求乐土！阶级对立在逐层深化，一个"逝"字就表现出他们的决心之坚，只是在那样的时代，这只能是一个美好的愿景了。

全诗借硕鼠来暗指剥削者，借老鼠丑陋又狡黠和窃食的习性来揭露统治阶级的贪婪与残暴不仁，表现了诗人对剥削者的深恶

名师指津
一个"逝"字，体现了作者想要摆脱统治者剥削的坚定的态度和决心。但是，实际上却是不可能办到的，这不过是劳动人民对美好生活的憧憬而已。

痛绝和极度的愤慨和不满。以物喻人，通过对硕鼠的不满，表达了对统治者的愤恨。诗中的"乐土"虽然只是一种幻想，但那个没有实现的安居乐业之国却深深地烙在他们心中，代代流传，并且为这个梦想不懈地奋斗着！

蟋 蟀

蟋蟀在堂，岁聿①其莫②。今我不乐，日月其除③。

无④已⑤大⑥康，职⑦思其居⑧。好乐无荒⑨，良士瞿瞿⑩。

蟋蟀在堂，岁聿其逝。今我不乐，日月其迈⑪。

无已大康，职思其外。好乐无荒，良士蹶蹶⑫。

蟋蟀在堂，役车⑬其休⑭。今我不乐，日月其慆⑮。

无以大康，职思其忧。好乐无荒，良士休休⑯。

【注释】

①聿（yù）：语助词。 ②莫：同"暮"。 ③除：改变。 ④无：勿。 ⑤已：太，过。 ⑥大：同"太"。 ⑦职：还要。 ⑧居：职位。 ⑨荒：荒废。 ⑩瞿（jù）瞿：谨慎、勤勉的样子。 ⑪迈：时光流逝。 ⑫蹶（guì）蹶：勤勉的样子。 ⑬役车：服役的车子。 ⑭其休：将要休息。 ⑮慆（tāo）：消逝。 ⑯休休：悠闲的样子。

【翻译】

蟋蟀入堂天变寒，岁月流逝近年关。如今我不去寻乐，日月流逝不复返。不要过度享康乐，自己工作要做好。行乐不把正业荒，贤士时时要警醒。蟋蟀入堂天变寒，时光匆匆一年过。如今我不去寻乐，时光流逝不等人。不要过度享康乐，分外事儿也要做。行乐不把正业荒，贤士勤勉不懈怠。蟋蟀入堂天变寒，服役车子要休息。如今我不去寻乐，时光匆匆不再返。不要过度享康乐，还要提前做打算。行乐不把正业荒，贤士从容而悠闲。

【点评】

这是一首感伤时光流逝、劝诫人们要及时行乐，但须有节制，不荒废正事的诗。

诗歌以"蟋蟀"起兴：诗人看到夏天在外活动的蟋蟀因为天寒而进入堂屋，意识到冬天来临，一年将要过去，感慨时光匆匆流逝。想到人生短暂，要及时行乐，珍惜时间，不要白白浪费大好年华。但是，诗人又冷静地劝告人们不可娱乐过度，荒废正务，要做好自己的本职工作，对未来提早做好谋划，不使人生虚废。是一位"良士"的勉励之词。

山有枢①

山有枢，隰②有榆。子有衣裳，弗③曳④弗娄⑤。

子有车马，弗驰弗驱。宛⑥其死矣，他人是愉。

山有栲，隰有杻。子有廷⑦内，弗洒弗扫。

子有钟鼓，弗鼓弗考⑧。宛其死矣，他人是保。

山有漆，隰有栗。子有酒食，何不日鼓瑟？

且⑨以喜乐，且以永⑩日。宛其死矣，他人入室。

❤名师释疑❤
保：占有。

【注释】

①枢（shū）：树木的名字，后文中的榆、栲（kǎo）、杻（niǔ）、漆、栗均同。　②隰（xí）：低湿的地方。　③弗：不。　④曳：拖。　⑤娄：同"搂"，这里和"曳"都指穿。　⑥宛：同"菀"，枯萎。　⑦廷：庭院。　⑧考：敲击。　⑨且：姑且。　⑩永：长。

【翻译】

山上长着枢树，榆树长在洼地。你有好衣裳，却不穿在身上。你有好车马，却不乘不骑。等到死去那一日，都被他人来享受。山上长着栲树，杻树长在洼地。你有好屋院，却不去打扫。你有好钟鼓，却不去敲打。等到死去那一日，都被他人来占有。山上有漆树，栗树长在洼地。你有酒又有肉，为何不日日奏乐？姑且用它来寻乐，姑且来度时光。等到死去那一日，他人进入你房屋。

【点评】

这是一首讥讽贵族守财的诗。

诗歌一共三章，重复吟唱，每章第一节以山上、洼地的树木起兴，第二、三节只是更改了个别词语，却把衣服、车马、房屋、钟鼓、酒食等贵族生活的全部内容概括了。最后一节对守财奴直接进行辛辣的嘲讽：等到你死去，你的财物全部会被他人拿去享用。

人们经常说"钱财乃身外之物，生不带来，死不带去"。但是，总有人活着的时候极尽贪婪，追求一切财富，偏偏有的人，他拥有了别人所不能拥有的钱财、货财，却不舍得使用、享用，直到有朝一日死去，被他人享用，白白为他人作嫁衣裳，着实可笑。

椒① 聊②

椒聊之实，蕃衍③盈④升⑤。彼其之子，硕大无朋⑥。椒聊且，远条⑦且。椒聊之实，蕃衍盈匊⑧。彼其之子，硕大且笃⑨。椒聊且，远条且。

名师释疑

且(jū)：语气助词。

【注释】

①椒：花椒。 ②聊：同"菜"，草木结成的一串串果实。 ③蕃衍：繁盛众多。 ④盈：满。 ⑤升：量器名。 ⑥无朋：无可比。 ⑦远条：远扬。 ⑧匊(jū)：同"掬"，两手合捧。 ⑨笃：忠实。

【翻译】

花椒果实一串串，结子繁盛用升量。那位妇人子孙多，身材高大无人比。花椒香气飘远方。花椒果实一串串，结子繁盛双手捧。那位妇人子孙多，身材高大人忠厚。花椒香气飘远方。

【点评】

本诗是一首寓意深邃的情诗。

古代劳动人民的审美观念是与劳动观念联系在一起的，青年男子选择爱人看重体格健壮的劳动姑娘。在赞美女性体格壮美的同时，也体现了古代人对于结婚对象的审美标准。古代人对于婚恋的审美观念，与"多子多福"的心理相连通，这与古代的社会劳动力有关系。在农业生产年代，人口是极其重要的条件，"多子"

名师指津

如今人们对这首诗的主旨说法不一，有的认为是赞美男子的诗，有的认为是称赞妇女身体强健而多子多福的诗，还有的认为是女子们的采椒之歌。

是男子婚姻考虑的重要因素。因此,男子十分重视女子的劳动能力。

本诗首先以兴的手法,抒写景物之美。粗大的花椒树,枝繁叶茂、碧绿的枝头结着一串串鲜红的花椒籽,寓意丰收在望。接着,以此为铺垫,以椒喻人,赞美那个高大健壮的男子,人丁兴旺,子孙像花椒树上的果实那样多,比喻新奇、贴切,增强了诗歌的表现力和感染力。后两句又回到了对花椒的抒写上,但因有了中间比喻部分的过渡,已不同于前两句的单纯起兴,而是比兴合一,人椒互化,前后呼应,对人物的赞美进一步深化。

本诗的第二章是第一章的再现,只是调换了两个字,这种重复的修辞手法,可以收到一唱三叹、情意深致的艺术效果。本诗成功地运用了比兴的艺术手法,比是"以彼物比此物",兴是"先言他物以引起所咏之辞也"。比兴的运用,不仅使诗的开篇较为自然,没有突兀感,而且还以人所共知的美好事物喻人,较含蓄地表现了被赞美主体的品性内涵,容易被人理解、认同。

杕① 杜②

有杕之杜,其叶湑湑③。独行踽踽④,岂无他人?不如我同父⑤。

嗟行之人,胡不比⑥焉?人无兄弟,胡不佽⑦焉?

有杕之杜,其叶菁菁⑧。独行睘睘⑨,岂无他人?不如我同姓。

嗟行之人,胡不比焉?人无兄弟,胡不佽焉?

❀ 名师释疑 ❀

同姓:同母所生的兄弟。

【注释】

①杕(dì):树木孤立的样子。 ②杜:木本植物,棠梨树。 ③湑(xū)湑:茂盛的样子。 ④踽(jǔ)踽:独

行的样子。　　⑤同父：同胞兄弟。　　⑥比：亲近。
⑦佽（cì）：帮助。　　⑧菁（jīng）菁：树叶茂盛的样子。
⑨睘（qióng）睘：同"茕茕"，孤独无依的样子。

【翻译】

　　一株棠梨孤零零，树叶茂密绿油油。独自走在大路上，难道没有其他人？不如我的兄弟亲。可叹来往过路人，为何不与我亲近？有人自己没兄弟，为何不来帮助我？一株棠梨孤零零，树叶茂密绿油油。独自走在大路上，难道没有其他人？不如我的兄弟亲。可叹来往过路人，为何不来亲近我？有人自己没兄弟，为何不来帮助我？

【点评】

　　这是一首孤独的流浪者之歌。

　　诗歌一共两章，句式重复，只是更换了一些词语。诗人以一棵孤独的棠梨树起兴，也以棠梨作比。自己独自走在路上，身边行人来来往往，却没有自己的同伴，他叹息自己无依无靠，无人亲近，无人帮助。诗人将自己的孤独无依、伤感绝望进行了反复吟唱，读来令人心酸。

鸨　羽

　　肃肃①鸨②羽，集于苞③栩④。王事靡⑤盬⑥，不能艺⑦稷黍。

　　父母何怙⑧？悠悠苍天，曷⑨其有所？

　　肃肃鸨翼，集于苞棘⑩。王事靡盬，不能艺黍稷。

　　父母何食？悠悠苍天，曷其有极⑪？

➤名师释疑➤
所：处所。

肃肃鸨行⑫，集于苞桑，王事靡盬，不能艺稻粱。

父母何尝？悠悠苍天，曷其有常⑬？

【注释】

①肃肃：鸟扇动翅膀的声音。　②鸨（bǎo）：比雁略大的一种鸟，善于走不善于飞。　③苞：草木茂盛。　④栩（xǔ）：柞树。　⑤靡：没有。　⑥盬（gǔ）：停止。　⑦艺：种植。　⑧怙：依靠。　⑨曷：怎么。　⑩棘：酸枣树。　⑪极：尽头。　⑫行：行列。　⑬常：正常。

【翻译】

鸨鸟簌簌扇翅膀，群群落于柞树上。公家差事无休止，不能去种稷和黍。父亲母亲依靠谁？抬头问问老天爷，怎么才能回到家？鸨鸟簌簌拍翅膀，群群落于酸枣树。公家差事无休止，不能去种稷和黍。父亲母亲靠谁养？抬头问问老天爷，劳役何时才到头？鸨鸟行行飞在空，群群落在桑树上。公家差事无休止，不能去种稻和粮。用何去给父母尝？抬头问问老天爷，生活怎样才正常？

【点评】

本诗写的是一个农民对无休止的劳役的怨恨和对不能赡养父母的内疚之情。

在充满剥削的封建社会，普通百姓需要无条件、无报酬地为上层统治阶层服劳役。劳动时间长、工作强度大，干活期间不能归家，不能与家人相见，因此无法赡养父母。这样的直接后果，就是引起民众的不满和怨恨。于是，便流传下了《鸨羽》这样的

诗经选译

诗篇,劳苦百姓以此来哭诉他们的不幸。

诗歌以比兴手法开头:自由翱翔于天空的鸨鸟,没有什么束缚,飞累了就停在树上休息。对于这种现象,令百姓们羡慕,他们没有自由,辛苦劳作,却没有休息的时间。鸨鸟尚且能够飞回自己的家乡,但正在劳动的百姓们却不能,他们恨自己没能长有一双翅膀。翱翔于天空中的鸟儿们在一起多么快乐啊,而他们自己离开家乡,还不知何日能返回故乡。因此,十分想念家中的父母,想为他们养老善终,但却不能实现。在与鸟儿的对比中,更添无名忧伤。

司马迁云:"劳苦倦极,未尝不呼天也;疾痛惨怛,未尝不呼父母也。"在诗中,我们不仅能感受到劳动者被逼劳作的无奈、欲养双亲而不得的无奈,更能深切地体会子女对父母浓浓的爱。

名师指津

这里作者用的暗喻的手法。因为鸨鸟属于雁类,它的爪子上只有蹼却没有后趾,因此比较善于浮水和在沼泽上行走,却不能抓住枝条栖息在树上。这就好似让原本务农多年的农民抛弃自己的田地农务,常年去从事繁重的徭役,没法过上正常的生活。

葛① 生

葛生蒙②楚③,蔹④蔓于野。予美⑤亡此,谁与?独处?

葛生蒙棘⑥,蔹蔓于域⑦。予美亡此,谁与?独息?

角枕⑧粲⑨兮,锦衾烂兮。予美亡此,谁与?独旦?

夏之日,冬之夜。百岁之后⑩,归于其居⑪。

冬之夜,夏之日。百岁之后,归于其室。

名师释疑

与:交往、交好。

【注释】

①葛:葛藤。 ②蒙:覆盖。 ③楚:灌木名,又叫"荆"。 ④蔹(liǎn):蔓生草本植物。 ⑤予美:我的爱人。 ⑥棘:酸枣树。 ⑦域:坟地。 ⑧角枕:牛角做的枕头,敛尸所用。

⑨粲：色彩鲜亮的样子。后文中"烂"同义。　⑩百岁之后：死后。　⑪居：墓地。后文中的"室"为同义。

【翻译】

葛藤爬满了荆条，蔹草蔓蔓遍郊外。我的爱人葬于此，谁人伴我？独自处。葛藤爬满那枣树，蔹草蔓蔓遍坟墓。我的爱人葬于此，谁人伴我？独歇息。角枕鲜亮作陪葬，锦被一新覆亡夫。我的爱人葬于此，谁人伴我？独自等到了天亮。夏日漫漫冬夜长，待我百年逝去后，与他合葬在一处。夏日漫漫冬夜长，待我百年逝去后，与他合葬共依傍。

【点评】

这是古代较早的一首悼亡诗。

死亡是文学永恒的主题。席慕蓉的诗作《骸骨之歌》这样写道："死，也许并不等于生命的终极。也许，只是如尺蠖，从这一叶到另一叶的迁移。我所知道的是多么的少啊！骸骨的世界里有没有风呢？有没有一些，在清晨的微光里，还模糊记得的梦？"张海迪在写给史铁生的信《轮椅间的心灵对话》里说："死亡只是一种生命终结的状态。在我眼里，死亡是一片绿色地带，也是生命新生的地带，那里下雨，纯净的雨滴滋润着青青芳草……当我再也无法抵抗病魔，我会从容地踏上曾给我美好生命的小路。生命消亡是万古的规律，有生就有死，有死才有生，只是我不愿看见人们在纷纷的春雨中走向墓地……"

当生命的个体在面对死亡时，可能会有害怕、留恋，甚至不

《名师释疑》

尺蠖（huò）：昆虫名。

甘心，但也会有无比的平静和坦然。但死亡对亲人来说，则是灭顶之灾；当面对亲人的死亡时，人们更是痛不欲生。

《葛生》中的女子面对丈夫的逝去，悲恸欲绝。她想象着丈夫一人埋葬于空旷、荒凉的原野，孤独、寒冷，无人陪伴，而自己也变成孤身一人，要忍受漫长的黑夜。因此，希望可以与丈夫"生同居，死同穴"。读之令人潸然泪下。

采 苓①

采苓采苓，首阳②之巅。人之为言，苟③亦无信。

舍④旃⑤舍旃，苟亦无然。人之为言，胡⑥得焉？

采苦⑦采苦，首阳之下。人之为言，苟亦无与⑧。

舍旃舍旃，苟亦无然。人之为言，胡得焉？

采葑⑨采葑，首阳之东。人之为言，苟亦无从。

舍旃舍旃，苟亦无然。人之为言，胡得焉？

名师释疑

然：对。

【注释】

①苓（líng）：植物，甘草。　②首阳：山名，在今山西永济县南。　③苟：确实。　④舍：放弃。　⑤旃（zhān）：文言助词，相当于"之焉"。　⑥胡：什么。　⑦苦：野菜名，苦菜。　⑧与：赞同。　⑨葑（fēng）：蔬菜名，即蔓菁。

【翻译】

采甘草呀采甘草，在那首阳山顶端。有人专爱造谣言，实在没什么信誉。别理他呀别理他，那些全都不可靠。有人专爱造谣言，到头什么都得不到。采苦菜呀采苦菜，在那首阳山底下。有人专爱造谣言，千万不要赞同他。别理他呀别理他，那些全都不可靠。有人专爱造谣言，到头什么都得不到。采蔓菁呀采蔓菁，在那首阳山东边。有人专爱造谣言，千万不要跟从他。别理他呀别理他，那些全都不可靠。有人专爱造谣言，到头什么都得不到。

【点评】

身处信息时代的人们，获取信息的渠道丰富多样，但也会遭遇"泥沙俱下"的情况，会出现许多真假难辨的信息，甚至出现一些职业"造谣者"。造谣者或许只是为了哗众取宠，试图通过制造骇人听闻的消息，取得公众的关注；或许是站在利益角度，通过抨击对手，损人利己，求得某些不正当利益；或许也有一些不知实情的人们，对待虚假消息缺乏辨识力，因此误信谣言，以讹传讹，使虚假消息的传播愈演愈烈，直至变成一件恶性的社会事件。

名师指津

人们要对自己接受的信息进行核实。同时，要提高自己的辨识力，面对信息要保持足够的客观和冷静，决不以讹传讹，不被有心之人利用。

小　戎①

小戎俴②收③，五楘④梁辀⑤。游环⑥胁驱⑦，阴⑧靷⑨鋈续⑩。文茵⑪畅毂⑫，驾我骐⑬馵⑭。

言念君子⑮，温其如玉。在其板屋，乱我心曲。

四牡⑯孔⑰阜⑱，六辔⑲在手。骐⑳騵㉑是中，䯄㉒骊㉓是骖㉓。龙盾㉔之合，鋈以觼㉕軜㉖。

言念君子，温其在邑。方㉗何为期？胡然㉘我念之！

俴驷㉙孔群㉚，厹矛㉛鋈錞㉜。蒙伐㉝有苑㉞，虎韔㉟镂膺㊱。交韔

名师释疑

温：温和。

95

二弓，竹闭绲㊲滕㊳。

言念君子，载寝载兴㊴。厌厌㊵良人㊶，秩秩㊷德音。

【注释】

①戎：战车。　②俴(jiàn)：浅。　③收：车厢底部四面的横木，这里指车厢。　④楘(mù)：古代用皮带绑扎加固车辕而成的装饰。　⑤梁辀(zhōu)：车辕。　⑥游环：设在辕马背上活动的环。　⑦胁驱：装在马胁两旁的皮扣连在拉车的皮带上的驾具。　⑧阴：车饰前的横板。　⑨靷(yǐn)：引车前进的皮带，一端套在车上，一端套在马的胸前。　⑩鋈(wù)续：白铜制的环。鋈，白铜。　⑪文茵：虎皮坐垫。　⑫畅毂(gǔ)：长毂。毂，车轮中心的圆木，中有圆孔，用以插轴。　⑬骐：有青黑色纹理的马。　⑭馵(zhù)：后左脚白色的马。　⑮君子：指丈夫。　⑯牡：公马。　⑰孔：很。　⑱阜：大。　⑲辔(pèi)：缰绳。　⑳騧：黑鬣黑尾巴的红马。　㉑骊(guā)：黑嘴的黄马。　㉒骊(lí)：纯黑色的马。　㉓骖(cān)：驾在车前两侧的马。　㉔龙盾：上面画有龙的盾牌。　㉕觼(jué)：有舌的环。　㉖軜(nà)：骖马内侧的缰绳。　㉗方：将。　㉘胡然：为什么。　㉙驷：四匹马。　㉚群：协调。　㉛厹(qiú)矛：三棱矛。　㉜镦(duì)：矛戟柄下端的平底金属套。　㉝蒙伐：上面画有花纹的盾牌。　㉞苑：花纹。　㉟虎韔(chàng)：虎皮制成的弓袋。韔，弓袋。　㊱镂膺：马胸前的雕花金属饰品带子。　㊲绲(gǔn)：绳子。　㊳滕：捆绑。　㊴兴：起。　㊵厌厌：安静的样子。　㊶良人：丈夫。　㊷秩秩：有次序的样子。即进退有礼。

【翻译】

战车轻小车厢浅，五条皮带拴车辕。游环扣在马背上，皮带系在铜环上。虎皮坐垫车轴长，驾起黑色白色马。想起我那夫君呀，温和如玉人人夸。如今出征去远方，扰乱我心难平静。四匹公马很高大，六根缰绳拿手里。黑马红马走中间，黄马黑马在两边。龙纹盾牌双双合，白铜绳环对对拉。想起我那夫君呀，很温暖却相隔远。何时才会是归期？怎能叫我不想他。四马协调披甲轻，三棱矛柄套铜套。盾牌上面刻花纹，虎皮弓袋也雕花。两弓交叉放弓袋，竹制弓架捆绳子。想起我那夫君呀，忽睡忽起睡不安。温和安静我夫君，品德高尚智慧多。

【点评】

这是一首妇女思念出征去远方的丈夫的诗。

这首诗从妻子回忆送别丈夫的情景写起。妻子忆起送别时所见到的战车、战马，她详细描述了出征途中陪伴丈夫的车马，并想象着丈夫在疆场中的生涯，这样便感觉离丈夫的生活很近，从而安慰自己。之后，又想到了丈夫那温润如玉的性格，高尚的品德，并且告诉别人，她的丈夫是多么的优秀，同时也加剧了她的相思之苦。

蒹 葭①

蒹葭苍苍②，白露为③霜。所谓④伊人⑤，在水一方⑥。溯洄⑦从⑧之，道阻⑨且长。溯游⑩从之，宛在水中央⑪。

蒹葭萋萋，白露未晞⑫。所谓伊人，在水之湄⑬。

溯洄从之，道阻且跻⑭。溯游从之，宛在水中坻⑮。

《名师释疑》

宛：宛如，好像。

诗经选译

蒹葭采采，白露未已。所谓伊人，在水之涘⑯。

溯洄从之，道阻且右。溯游从之，宛在水中沚⑰。

名师释疑

右：迂回曲折偏右转弯，即道路弯曲。

【注释】

①蒹葭（jiān jiā）：芦苇，多年生草本植物。　②苍苍：茂盛貌，其色深青苍然的样子。下文"萋萋""采采"义同。　③为：凝结成。　④所谓：所说的，此指所怀念的。　⑤伊人：那个人，意指诗人所思慕的对象。　⑥一方：那一边。　⑦溯洄：逆流而上。　⑧从：就，追寻。　⑨阻：险阻。言道路险阻而且漫长。　⑩溯游：顺流而下。　⑪中央：中间。　⑫晞（xī）：晒干。　⑬湄：水和草交接的地方，即岸边。　⑭跻（jī）：升高。　⑮坻（chí）：水中高地。　⑯涘（sì）：水边。　⑰沚（zhǐ）：水中陆地，比坻稍大。

【翻译】

　　河边芦苇茂密青苍，秋深露水已结成霜。意中人在何处？就在河水那一方。逆着流水去找她，道路险阻又太长。顺着流水去找她，仿佛就在水中央。河边芦苇茂盛繁多，清晨露水似未曾干。意中人在何处？就在河岸那一边。逆着流水去找她，道路险阻攀登难。顺着流水去找她，仿佛就在水中滩。河边芦苇稠密繁多，早晨露水似未全收。意中人在何处？就在河岸那一头。逆着流水去找她，道路险阻曲难求。顺着流水去找她，仿佛就在水中央。

【点评】

　　《蒹葭》是一首水上怀人的诗，是《秦风》里少有的凄婉缠绵风格的诗作。

所谓"在水一方"的"伊人",究竟是指周礼的故都遗老旧臣还是秦国的隐士贤者,是诗人的一个朋友还是所想念的爱人都无从臆断。但见秋水渺茫,"伊人"宛如在霜天烟江之间,既寓慕悦诚挚之情,复寄向往追求之意;然而徘徊往复,终不可及。情景潇洒入画,颇有领略不尽的韵味,加之措辞婉转秀美,一咏三叹,抒情意味在脉脉难言之间传达得淋漓尽致。

白露为霜的深秋,天刚刚破晓,芦苇叶上,夜间的露水已凝成了霜花,诗人来到河边,为追寻那可思、可慕的人儿,但出现在眼前的却是无际的芦苇丛,冷寂而落寞,诗人苦苦期盼的人在哪儿呢?是诗人根本就不明伊人的居处,还是伊人迁徙无定,无从知晓,只知道在河水的另外一边。这种也许是毫无希望但却充满诱惑的追寻在诗人脚下和笔下展开。逆流而上又顺流而下,又沿着弯曲的水道、直流的水道,一番艰苦的上下追寻后,伊人仿佛在河水中央,周围流淌着波光,依旧无法接近。一个"宛"字,表明伊人隐约缥缈的身影,或许本就是诗人心神痴迷的幻觉。

后两章是对首章文字略加改动而成的重章叠唱,通过改变韵脚——首章"苍、霜、方、长、央"属阳部韵,次章"凄、晞、湄、跻、坻"属脂微合韵,第三章"采、已、涘、右、沚"属之部韵,带给人和谐而参差的韵感。同时,这种改动也造成了语义的往复推进。如"白露为霜""白露未晞""白露未已"三句,通过夜晚露水凝成霜花、霜花融为露水、露水在阳光照射下蒸发表明了时间的延续。"伊人",似见非见、时隐时现,反复重章,悬念迭起,节奏明快动听。

名师指津
可见而不可求,可望而不可即,不断加剧着诗人的渴慕。

诗文不明主体给阐释带来了不便，但也因此而内涵万千，不同的读者可以感受到隐藏在描写对象后面不同的东西，而不单单是被诗人拿来歌咏的伊人，其中更蕴含着某种象征的意味。"溯洄""溯游""道阻且长""宛在水中央"也不过是反复追寻与追寻的艰难和渺茫的象征。诗人上下求索，伊人虽然隐约可见却依然遥不可及。可以说，这其中还包含着对梦想的追求，追求路上的艰难和迷茫，教人们不懈去追寻。

黄 鸟①

交交②黄鸟，止③于棘④。谁从⑤穆公⑥？子车奄息⑦。维此奄息，百夫之特⑧。临其穴⑨，惴惴⑩其栗⑪。彼苍者天，歼我良人！如可赎兮，人百其身⑫！
交交黄鸟，止于桑。谁从穆公？子车仲行。维此仲行，百夫之防⑬。临其穴，惴惴其栗。彼苍者天，歼我良人！如可赎兮，人百其身！
交交黄鸟，止于楚⑭。谁从穆公？子车鍼虎。维此鍼虎，百夫之御⑮。临其穴，惴惴其栗。彼苍者天，歼我良人！如可赎兮，人百其身！

◆名师释疑◆

良人：好人。

赎：用财物换回抵押品；用行动抵消、弥补罪过。

【注释】

①黄鸟：黄雀。　②交交：拟声词，鸟叫声。　③止：休息。　④棘：酸枣树。　⑤从：跟从，这里指陪葬。　⑥穆公：秦穆公。　⑦子车奄息：人名，复姓子车。　⑧特：杰出人才。　⑨穴：墓穴。　⑩惴惴：害怕的样子。　⑪栗：发抖。　⑫人百其身：用一百人来赎他一人的命。　⑬防：抵得，相当。　⑭楚：荆树。　⑮御：抵挡。

【翻译】

　　黄雀叽叽喳喳叫，栖息在那枣树上。谁去给穆公陪葬？是那子车奄息。这位子车奄息，百里挑一的好人才。走近穆公的墓穴，心里害怕浑身抖。苍天啊苍天，杀害我们的好人！如果可以救回他，愿拿我们一百个来换他。黄雀叽叽喳喳叫，栖息在那桑树上。谁去给穆公陪葬？是那子车仲行。这位子车仲行，百里挑一的好人才。走近穆公的墓穴，心里害怕浑身抖。苍天啊苍天，杀害我们的好人！如果可以救回他，愿拿我们一百个来换他。黄雀叽叽喳喳叫，栖息在那荆树上。谁去给穆公陪葬？是那子车鍼虎。这位子车鍼虎，百里挑一的好人才。走近穆公的墓穴，心里害怕浑身抖。苍天啊苍天，杀害我们的好人！如果可以救回他，愿拿我们一百个来换他。

【点评】

　　这是一首秦国百姓悼念为秦穆公殉葬的奄息、仲行、鍼虎三人的诗歌。

　　《左传·文公六年》记载："秦伯任好卒，以子车氏之三子奄息、仲行、鍼虎为殉，皆秦之良也。国人哀之，为之赋《黄鸟》。"《史记·秦本纪》也记载了这件事："缪（穆）公卒，从死者百七十七人。秦之良臣子舆（车）氏三人名曰奄息、仲行、鍼虎，亦在从死之中。秦人哀之，为作歌《黄鸟》之诗。"可见，《黄鸟》这首诗是可以用史实佐证的。

　　殉葬制度是古代一项惨无人道的丧葬陋习，陪从死者下葬的有器物、畜生甚至还有活人等，这一制度直到清代才被彻底废除。

名师指津

整首诗，感情丰富且真挚，愤怒、哀痛之情随之而出，令人感动万分。

诗歌一共三章，分别对子车家的奄息、仲行、鍼虎三位良士，表达了哀婉之情。诗歌以栖息在树上凄凉的黄鸟叫声起兴，营造了一种悲凉肃穆的气氛。然后进行悲痛的呼喊，对三位陪葬的良士进行追悼：对他们这种百里挑一的人才的非正常死亡表示惋惜；对他们在面对惨无人道的迫害时的恐惧表示理解和同情，更突出了殉葬制度灭绝人性的残忍及对此的痛恨之情。最后，表示愿意替代他们去死；当然，这种想法是不可能实现的。因此，只能对天长叹，充满了无可奈何。

晨 风

鴥①彼晨风②，郁③彼北林。未见君子，忧心钦钦。如何如何，忘我实多！
山有苞④栎⑤，隰⑥有六驳⑦。未见君子，忧心靡⑧乐。如何如何，忘我实多！
山有苞棣⑨，隰有树檖⑩。未见君子，忧心如醉。如何如何，忘我实多！

名师释疑

钦钦：难忘。

【注释】

①鴥（yù）：疾飞的样子。 ②晨风：鸟名，即鹯（zhān）鸟，一种似鹞鹰的猛兽。 ③郁：树木繁盛。 ④苞：茂密丛生。 ⑤栎（lì）：柞（zuò）树。 ⑥隰（xí）：低湿之地。 ⑦六驳（bó）：树木名，即梓榆，其树皮青白驳荦，遥视似驳马，故又谓驳马。 ⑧靡：奢侈。 ⑨棣（dì）：树名，落叶灌木，花黄色。 ⑩檖（suì）：树名，果实像梨较小，味酸，可以吃。

【翻译】

鹯鸟疾飞似箭，北林有树繁密。思君不得见，忧愁涌上心间。

我该怎么办？你已把我忘！山中柞树茂盛，梓榆长于低洼。思君不得见，心中难欢乐。我该怎么办？你已把我忘！山中棣树繁茂，檖树自低洼长。思君不得见，心中似酒醉。我该怎么办？你已把我忘！

【点评】

这是一首思夫诗，抒发了妇人在家中苦苦等候丈夫归来时的孤苦心情。

全诗共分为三章，每章六句，进行了反复咏叹。诗歌以疾速飞翔的鸟起兴，鸟尚且知道飞倦了返回自己的窝，而女主人公已经很久没有见到自己的丈夫了。她的心里很是担忧，怕丈夫对自己不再专一，怕忘了自己。

名师指津

诗歌对女主人公的这种情绪进行了反复咏叹，以表达女子焦虑不安的心情。

无 衣①

岂曰无衣？与子同袍②。王于③兴师④，修我戈矛，与子同仇⑤。

岂曰无衣？与子同泽⑥。王于兴师，修我矛戟⑦，与子偕作⑧。

岂曰无衣？与子同裳⑨。王于兴师，修我甲兵⑩，与子偕行⑪。

【注释】

①衣：上衣，泛指衣服。 ②袍：长衣，即今之斗篷。 ③于：动词词头。 ④兴师：起兵。 ⑤同仇：（你我的）仇敌是一致的。 ⑥泽：同"襗"，汗衫。 ⑦戟：长柄兵器。 ⑧偕作：一起干。 ⑨裳：下衣，这里指战裙。 ⑩甲兵：铠甲与兵器。 ⑪行：走，指上战场。

◆ 名师释疑 ◆

戈矛：都是长柄兵器。

诗经选译

【翻译】

怎么能说没衣穿？与你同穿长袍。君王发兵前去交战，修整我的戈与矛，杀敌与你同目标。怎么能说没衣穿？与你同穿汗衫。君王发兵前去交战，修整我的矛与戟，出发与你在一起。怎么能说没衣穿？与你同穿战裙。君王发兵前去交战，修整盔甲与兵刀，杀敌与你共前进。

【点评】

这首诗出自《诗经·秦风》，是一首歌颂型诗歌，写的是秦国人民团结一致慷慨从军、同仇敌忾互帮互助的爱国精神。 全诗洋溢着一股浩然的慷慨之气，极具感染力。

全诗共三章。首句都是以"岂曰无衣"开始，一句反问似是对那些不相信自己实力的人的批判，又像是对自己懦弱想法的辩驳，更像是在肯定自我的自信中发出胜利呼喊，处于西陲之地的秦国，水土淳厚，民风耿直，尚武之风盛行，在这样的反问声中，回应他的必然是"与子同袍、与子同泽、与子同裳！"好似战场前的冲锋，千万士兵笃定给予回应，好男儿们意气风发，豪情满怀，当"王于兴师"之时，修我"戈矛""矛戟"和"甲兵"，就有了满腔热情跃跃欲试，将赋有动作性的语言通过诗文生动鲜活地表现了出来。大家"同袍""同泽""同裳"，怎么能说没有衣服呢？大家"同仇""偕作""偕行"，怎么会打不赢这仗呢？不禁为诗中这雄浑的士气感染。国难当头，这种高度统一的保家卫国的精神，显示的不仅仅是英勇无畏的气概，更是一种昂扬的

名师指津

全诗共三章，均采用了复沓的形式。其中，每一章在字数、句数上都是相等的，而且结构相同，形式工整，但是却显得简约大方，让整首诗不断递进，推动情节发展。

爱国情怀。诗中的"同袍""同泽""同裳"是指我们都穿着同样的战袍，怀有同样的心情，有着保家卫国的同样信念。

全诗共三章，虽然形式相同，但却不是简单而没有意义的重复，每一章的情感伴随着相同的结构而不断呈现出递进式发展，能在质朴无华的语言中感受到一份浓厚而又跌宕起伏的战斗激情。可见，这首请战书之歌震撼人心的力度是非常大的。

宛 丘①

子之汤②兮，宛丘之上兮。洵③有情兮，而无望兮。

坎④其击鼓，宛丘之下。无冬无夏，值⑤其鹭羽⑥。

坎其击缶，宛丘之道。无冬无夏，值其鹭翿⑦。

【注释】

①宛丘：是陈国的一个丘，在今河南淮阳县东南。　②汤：同"荡"，游荡。　③洵：诚然，确实。　④坎：拟声词，击鼓、击缶的声音。　⑤值：拿着。　⑥鹭羽：用白鹭羽毛做成的舞蹈道具。　⑦翿（dào）：旌旗。

【翻译】

姑娘起舞翩翩然，在那宛丘山坡上。心里实在爱慕她，只是不敢有奢望。敲起乐鼓咚咚响，在那宛丘山坡下。无论寒冬或炎夏，手执鹭羽舞翩跹。击起瓦盆当当响，在那宛丘大路上。无论寒冬或炎夏，手持鹭旗舞摇曳。

【点评】

本诗是一位男子抒发对一位跳舞女子爱慕之情的情歌。

上古时期十分盛行<u>巫觋</u>之风，本诗中男子所爱慕的女子很可能就是一位巫女。巫女是沟通天、人的媒介，被认为有着特殊的神异功能，所以社会地位很高，有时她们得到的"神谕"甚至可以左右政治。巫女有两种：一种分布于宫廷中，一种分布于民间。她们的职能也各不相同，像这首《宛丘》诗中的巫女即属于歌舞传统者。现在日本宗教界仍然保留有"巫女"这种传统职业，在大型的传统仪式中依然可见"巫女"的身影。

男子爱慕巫女，深深迷恋着她优美的舞姿，被她的舞姿所折服。她所到之处都有他的身影，他是她忠实的观众。男子深深爱着女子，女子在他心目中无比神圣，甚至让他产生了自卑心理，男子只想远远看着她，不奢望有朝一日得到她的爱。男子爱得卑微，更爱得伟大。正因为男子疯狂爱着巫女，所以在她无论是寒冬还是炎夏都跳舞这件事上，心疼她的辛苦，读之令人感动。

东门①之枌②

东门之枌，宛丘③之栩④。子仲⑤之子⑥，<u>婆娑</u>其下。

榖旦⑦于⑧差⑨，南方之原⑩。不绩⑪其麻，市⑫也婆娑。

榖旦于逝⑬，越以⑭鬷⑮迈⑯。视尔如荍⑰，贻⑱我握⑲椒⑳。

【注释】

①东门：陈国的城门。　②枌（fén）：一种榆树。　③宛

> **名师释疑**
>
> 巫觋（xí）：泛指以装神弄鬼替人祈祷为职业的巫师。古代称女巫为"巫"，男巫为"觋"，合称"巫觋"。
>
> 婆娑：盘旋舞动的样子。

丘：是陈国的一个丘，在今河南淮阳县东南。　　④栩：柞树。
⑤子仲：姓氏。　⑥子：女子。　⑦榖(gǔ)旦：好日子，吉日。
⑧于：语助词。　⑨差(chāi)：选择。　⑩原：平地。　⑪绩：把麻搓成线。　⑫市：集市。　⑬逝：往。　⑭越以：语助词。
⑮鬷(zōng)：屡次。　⑯迈：行走。　⑰荍(qiáo)：锦葵，一种花草。　⑱贻：赠送。　⑲握：一把。　⑳椒：花椒。

【翻译】

东门有榆树，宛丘有柞树。子仲家的好姑娘，树荫底下舞盘旋。选择一个好日子，一起到那边平原上。放下手中正搓的麻线，去那集市舞一场。好日子就要过去，多次共同去游玩。把你当作锦葵爱，送我一把花椒表情意。

【点评】

这是一首描写男女爱情的诗歌。

衡　门①

衡门之下，可以栖迟②。泌③之洋洋④，可以乐⑤饥。

岂其食鱼，必河之鲂⑥？岂其取⑦妻，必齐之姜⑧？

岂其食鱼，必河之鲤？岂其取妻，必宋之子⑨？

【注释】

①衡门：横木做成的门，指简陋的居所。　②栖迟：栖息。　③泌(bì)：泉水流得很轻快的样子。　④洋洋：水流盛大的样子。　⑤乐：疗救。　⑥鲂(fáng)：鱼的

》名师释疑《

可以：可用来。

一种。　⑦取：同"娶"。　⑧齐之姜：齐国姓姜的贵族的女子。　⑨宋之子：宋国的贵族的女子。

【翻译】

横木做成的简陋房屋，可以居住。泉水流淌，也可用来充饥。难道吃鱼一定要吃鲂鱼？难道娶妻一定要娶齐姜才风光？难道吃鱼一定要吃鲤鱼？难道娶妻一定要娶宋子才美满？

【点评】

这是一首男子安于贫贱而自我安慰的诗歌。

人很容易掉进欲望的沟壑不能自拔，出于攀比心、虚荣心，不断要求更多、更好，为此不惜代价直到走上不归路，因此需要时刻保持清醒的头脑。

诗中歌唱的男子，他比较安于贫贱，对自己的生活表现出极大的满足，因此他说陋室可以居住，泉水可以充饥，吃鱼不一定非要求好鱼，娶妻不一定非要家世显赫。

名师指津
这种安贫乐道的心态值得人们学习。

东门之池①

东门之池，可以沤②麻。彼美叔③姬④，可与晤歌。

东门之池，可以沤纻⑤。彼美叔姬，可与晤语⑥。

东门之池，可以沤菅⑦。彼美叔姬，可与晤言⑧。

名师释疑
晤：见面。

【注释】

①池：护城河。　②沤（òu）：长时间浸泡。纺麻前需先用水将其泡软。　③叔：家中排行第三。　④姬：对女子

108

的美称。　　⑤纻（zhù）：同"苎"，也是一种麻。　　⑥语：交谈。　　⑦菅（jiān）：草名，生于山地草坡的草本植物。⑧言：诉说。

【翻译】

东门外面的护城河，麻可长浸于其中。美丽贤惠的姬家三姑娘，可以同她来把歌对唱。东门外面的护城河，苎可长浸于其中。美丽贤惠的姬家三姑娘，可以同她诉诸衷肠。东门外面的护城河，菅可长浸于其中。美丽贤惠的姬家三姑娘，可以同她畅所欲言。

【点评】

这是一首男子向女子表达爱慕之情的诗。

男女双方在泡麻的劳动过程中，互相嬉戏交谈，在这样轻松愉快的情景下，男子将自己对女子的爱慕大胆唱出。

全诗一共三章，运用赋的手法，反复吟唱，基调欢快。

东门①之杨②

东门之杨，其叶牂牂③。昏④以为期⑤，明星煌煌⑥。

东门之杨，其叶肺肺⑦。昏以为期，明星晢晢。

【注释】

①东门：陈国的城门。　　②杨：白杨树。　　③牂（zāng）牂：茂盛的样子。　　④昏：黄昏。　　⑤期：约定日期。　　⑥煌煌：明亮的样子。后文的晢（zhé）晢同义。　　⑦肺（pèi）肺：同"芾芾"，茂盛的样子。

> 《名师释疑》
>
> 明星：启明星。

诗经选译

【翻译】

东门之外白杨树，树木茁壮叶茂密。约定黄昏以为期，直到启明星升起。东门之外白杨树，树木茁壮叶茂密。约定黄昏以为期，直到明星亮晶晶。

【点评】

这是一首描写情人约会，一方等待另一方而最终未等到的诗歌。

等待是一件耗费精力的事。有如约而至的喜悦，也会有失望而归的失落。本诗中，恋爱中的情侣，满怀期待地等待另一半的到来，约定黄昏见面，可是恋人迟迟不来，直到天开始亮，依然没有出现，令人沮丧。

诗歌一共两章，反复咏叹，形式也只是在两章中更换了词语。诗歌中没有写主人公内心的活动，没有描写他（或她）心里经历了怎样的波澜起伏、怎样由欢欣雀跃直到失去耐心，最后失望而归的煎熬心路历程，却让人能在不着一字的叙述中体会到诗人的失落。

月　出

月出皎①兮，佼②人僚③兮。舒④窈纠⑤兮，劳心悄⑥兮。

月出皓⑦兮，佼人㤭⑧兮。舒忧受⑨兮，劳心慅⑩兮。

月出照兮，佼人燎⑪兮。舒夭绍⑫兮，劳心惨兮。

➤ 名师释疑 ➤

劳心：忧心。

惨：伤心。

【注释】

①皎：洁白、明亮。　②佼（jiǎo）：美好。　③僚（liǎo）：美好的样子。　④舒：从容、舒缓。　⑤窈纠

（yǎo jiǎo）：形容步履舒缓，体态优美。　⑥悄：忧愁的样子。
⑦皓：洁白、明亮。　⑧悃（liú）：美好。　⑨忧受：形容步态优美。　⑩慅（cǎo）：忧愁。　⑪燎：漂亮。
⑫夭绍：轻盈多姿的样子。

【翻译】

月儿出来多皎洁，有个姑娘貌若仙。慢慢走来身窈窕，让我思念起忧愁。月儿出来多洁白，有个姑娘多妩媚。姗姗来迟多优美，让我思念起忧愁。月儿出来照大地，有个姑娘多美好。步履轻盈多婀娜，让我思念起忧愁。

【点评】

《月出》选自《诗经·国风·陈风》，是陈国的民歌，也是一首情诗。诗人抒发了月下逢美女，心怀忧思之情。诗歌从景物描写入手，描写夜色撩人，由夜下明月写到眼前美人，描绘了一位貌美如仙、步履轻盈、体态婀娜的少女，从而引发了自己的情思，写景与抒情相结合。

全诗共分三大章，每节第一章以月起兴，描写月色的美丽，"皎""皓""照"三个不同的字都表达了对月亮的赞美，第二、三句赞美美人，分别用"撩兮""悃兮""燎兮"书写了女子容貌之美，"窈纠兮""忧受兮""夭绍兮"写出了女子体态轻盈、步履缓慢，第三句分别用"悄兮""慅兮""惨兮"抒发了男子对女子无尽的愁思和深深的爱意。

全诗用独特的表现手法书写了男子对美若天仙的姑娘的爱

名师指津

"月出皎兮，佼人僚兮。"这句诗便是诗人月下逢美人的场景，此句运用比兴的手法，用月光来比喻所爱之人的美丽，贴切又体现出无限情义。

慕,同义词交替使用改变了单调的句式,读来朗朗上口,灵活却不失对情感的抒发。

株① 林②

胡为③乎株林,从④夏南?匪适⑤株林,从夏南!
驾我乘马,说⑥于株野。乘我乘驹,朝食于株!

【注释】

①株:陈国邑名,在今河南省西华县西南。 ②林:郊野。 ③胡为:为胡,为什么。 ④从:跟从。 ⑤适:到、往。 ⑥说(shuì):同"税",停息。

【翻译】

灵公为何去株林?是去找寻那夏南?原来他到那株林,不是为着找夏南!驾着灵公四匹马,休息于株邑郊野。驾着灵公四匹驹,赶到株邑吃早饭。

【点评】

《株林》是陈国人民讽刺自己的国君陈灵公和臣子的妻子夏姬淫乱的诗。《毛诗序》云:"《株林》,刺灵公也。淫乎夏姬,驱驰而往,朝夕不休息焉。"

继《齐风·南山》后,这首《陈风·株林》也是下层民众对上层统治阶层的荒淫无耻行径的辛辣嘲讽。夏姬本是郑穆公的女儿,出嫁前便和自己的庶兄私通,庶兄死后,嫁给了陈国大夫夏御叔,生下了儿子夏南。夏南十二岁时,父亲病亡,和母亲居于株林。夏姬貌美，丈夫去世后，她同时和陈国大夫孔宁、仪行父、陈国国君陈灵公私通。陈灵公为了讨好夏姬，让她的儿子夏南袭自己父亲的官职。夏南逐渐长大，对母亲的行为感到羞耻。一次，陈灵公、孔宁、仪行父去株林找夏姬，君臣互相调侃嘲讽。夏南实在忍无可忍，带领家仆杀死了陈灵公，孔宁、仪行父二人逃到了楚国。

由于是陈国百姓对自己国君的讽刺，所以言辞比较隐晦。诗歌故意提出疑问，采用设问形式，然后自问自答，进行暗示、影射，其实这种嘲讽意味更为深刻。

泽① 陂②

彼泽之陂，有蒲③与荷。有美一人，伤如之何④？寤寐无为，涕泗滂沱。
彼泽之陂，有蒲与蕑⑤。有美一人，硕大且卷⑥。寤寐无为，中心悁⑦悁。
彼泽之陂，有蒲菡萏。有美一人，硕大且俨⑧。寤寐无为，辗转伏枕。

名师释疑

寤寐：指醒着和睡着。

【注释】

①泽：池塘。 ②陂（bēi）：水边。 ③蒲：即香蒲，一种草本植物，多生于河滩上。 ④如之何：怎么办。 ⑤蕑（jiān）：莲。 ⑥卷：美好的样子。 ⑦悁（yuān）悁：忧愁的样子。 ⑧俨：庄重。

【翻译】

在那长满香蒲与荷花的池塘边，有一个英俊美男子，我心爱他不知如何是好。醒着睡着想着他，涕泗滂沱难控制。在那长满香蒲与莲蓬的池塘旁，有一个英俊美男子，身形高大品格好。醒着睡着想着他，心中忧愁添惆怅。在那长满蒲草与荷花的池塘边，有一个英俊美男子，身材高大很庄重。醒着睡着想着他，翻来覆去难成眠。

【点评】

这是一位女子思念意中人的诗篇。

诗歌共三章。以水中植物起兴，面对碧绿的湖水，盛开的荷花。种种美景让女子心情愉悦，联想到了同样美好的心上人。但是，娇羞的女子不知如何向男子表达自己的爱恋，不知如何去追求爱情，却无时无刻不思念着心上人，辗转难眠。爱得甜蜜而忧伤，倍感煎熬。

羔 裘①

羔裘逍遥②，狐裘以朝③。岂不尔思④？劳心忉忉。

羔裘翱翔⑤，狐裘在堂。岂不尔思？我心忧伤。

羔裘如膏⑥，日出有曜⑦。岂不尔思？中心是悼。

▶名师释疑◀

忉（dāo）忉：忧愁的样子。

悼：悲伤。

【注释】

①羔裘：羊羔皮做的衣服。 ②逍遥：悠闲自得地走来走去。 ③朝：上朝。 ④不尔思："不思尔"的倒装，不思念你。 ⑤翱翔：形容人自在的样子。 ⑥膏：油脂。 ⑦曜（yào）：明亮。

【翻译】

穿着羔裘去闲逛，穿着狐裘去上朝。我难道不思念你？终日忧心费思量。穿着羔裘去闲逛，穿着狐裘在朝堂。我难道不思念你？终日忧伤心凄凄。羔裘崭新如上油，好像太阳出来放光亮。

我难道不思念你？终日悲伤心慌张。

【点评】

　　这首诗描写的是一位女子想要和一位卿大夫私奔，却有所顾忌而难以做决定，表达了女子犹豫不决的心情。

　　"婚礼者，礼之本也。"在古代，婚姻被认为是关系封建伦理道德的大事，是人际关系的开始，因此被称为"婚姻大事"。男女婚姻大事不能自主，必须有"父母之命，媒妁之言"，从议婚到完婚要经过纳采、问名、纳吉、纳征、请期、亲迎六道程式，否则，"娶则为妻，奔是妾"。

　　诗中女子，她极其仰慕自己的意中人。她眼中的意中人，每日穿着羊羔皮做的裘衣上朝，光鲜亮丽，风流潇洒，逍遥自在，品行优良，为人正直，堪称完美。她日日思念他，想要和他一起生活。可是，她虽然爱着男子，却忧虑自己将要面对整个世俗的责难，甚至会使自己的家族蒙羞……这让她在爱情和现实间左右为难，难以决断，所以她日日煎熬、忧伤。

　　有热爱自由的诗人，曾高声呼喊"生命诚可贵，爱情价更高"；也有真性情的诗人说道"问世间情为何物，直教生死相许"；但诗人白居易看到一个曾经为爱不顾礼法私奔的女子最终被抛弃的悲剧，则"寄言痴小人家女，慎勿将身轻许人"。诗歌《羔裘》中的女子，面对的是一个两难的选择，无论她放弃哪一个选择哪一个，都难以获得解脱：或者选择爱情，飞蛾扑火后化为灰烬；或者选择忠于礼法，在不甘或认命中度过枯燥乏味的一生。

名师指津

封建社会，等级森严，妾只是家中的奴仆，不为人所认可、尊重，不能参加祭祀之类的重大家族活动。

素 冠

庶^①见素冠^②兮，棘^③人栾栾兮。劳心慱慱^④兮。

庶见素衣兮，我心伤悲兮。聊与子同归兮。

庶见素韠^⑤兮，我心蕴结^⑥兮。聊与子如一兮。

> **名师释疑**
> 栾栾：身体瘦瘠的样子。

【注释】

①庶：有幸。 ②素冠：白色的帽子，死者的服饰。 ③棘：同"瘠"，瘦弱。 ④慱（tuán）慱：忧心的样子。 ⑤韠（bì）：蔽膝，古代一种遮蔽在身前的皮制服饰。 ⑥蕴结：郁结，忧郁不解。

【翻译】

有幸见到戴着素冠的你，身体瘦弱惹人怜，我心忧伤不能自抑。有幸见到穿着素衣的你，我心凄凄多伤悲，情愿和你归一处。有幸见到穿着素蔽的你，我心郁结不得宽，情愿和你赴黄泉。

【点评】

本诗《桧风·素冠》是一首悼亡诗，与《唐风·葛生》同为妻子悼念死去丈夫的诗歌。

《毛诗序》云："《素冠》，刺不能三年也。"古代丧礼：为父、为君，守丧三年；丈夫去世，妻子也需要为其守丧三年。这首诗，是妻子为丈夫唱的哀歌，侧面也讽刺了那些不能遵守守丧制度的违礼之人。

丈夫逝去，下葬之前，妻子最后一次看夫君的仪容。他穿着素色衣服、带着素色帽子，脸色更显苍白；他形容消瘦，想起二人曾共同经历过的甜蜜时光、艰难岁月，妻子心中更添悲戚，忧心郁结，恨不能同丈夫共赴黄泉，合葬一处。读之令人感动。

隰有苌楚①

隰有苌楚，猗傩②其枝，夭③之沃沃④，乐子之无知。

隰有苌楚，猗傩其华⑤，夭之沃沃。乐子之无家⑥。

隰有苌楚，猗傩其实，夭之沃沃。乐子之无室。

【注释】

①苌（cháng）楚：阳桃、猕猴桃。　②猗傩（yī nuó）：柔美的样子。　③夭：嫩。　④沃沃：丰茂而有光泽的样子。　⑤华：同"花"。　⑥无家：指无妻儿家室。后文中的"无室"同此义。

【翻译】

低湿地里长阳桃，枝叶繁茂绿油油。细嫩柔美有光泽，羡慕你无知无烦恼。低湿地里长阳桃，花开似锦多鲜艳。细嫩柔美有光泽，羡慕你无家无拖累。低湿地里长阳桃，果实累累挂枝头。细嫩柔美有光泽，羡慕你无妻无家小。

【点评】

这是一首有家难养，羡慕无家的叙述诗。

全诗一共三章，结构简单，反复咏唱，表达了对别人无知、无家庭的羡慕。

在生活中，我们总是善于发现别人生活中的阳光，却不善于发现自己生活中的美好。放大别人的幸福，对自己的幸福视而不见。这样的结果就是，觉得自己是最不幸的，觉得别人都非常幸福，羡慕别人拥有的，对自己的生活悲观失望。就像钱锺书对婚姻"围城"的看法一样，里面的人想出去，外面的人想进去。

因此，在生活中要善于发现自己生活的幸福，不要总是去羡慕别人，以此来提高自己的幸福额度。

匪① 风

匪风发②兮，匪车偈③兮。顾瞻④周道⑤，中心怛兮。

匪风飘兮，匪车嘌⑥兮。顾瞻周道，中心吊⑦兮。

谁能亨⑧鱼？溉⑨之釜鬵。谁将西归？怀之好音。

◆名师释疑◆

怛（dá）：忧伤。

釜鬵（xín）：都指锅。

【注释】

①匪：指示代词，相当于"彼"。　②发：拟声词，刮风的声音。　③偈（jié）：疾驰的样子。　④瞻：抬眼望。　⑤周道：大道。　⑥嘌（piāo）：急速。　⑦吊：伤痛。　⑧亨：同"烹"，煮。　⑨溉：洗涤。

【翻译】

风儿呼呼吹，车儿快快跑。一条大道抬眼望，心中无限忧伤。风儿沙沙响，车儿快快跑。一条大道抬眼望，心中无限伤痛。谁会烹煮鱼？为他洗净锅。谁将要西返归故乡？替我带回好音信。

【点评】

这是一首旅客怀乡的诗。

诗歌一共三章。第一、二章写法一样，只是换了几个字词，重复表达了同样的意思：站在望不到尽头的大道旁边，狂风呼啸，车马疾驰，而自己在静默中想起了家乡。自己曾经乘坐一样的车马，经过漫长的路途，来到了千里之外的异地。而今，时间飞逝，自己离家久而远，不知家中状况，思念家人，却不得归，不禁伤感万分。第三章句法不同于前两章，情难自抑，无奈之下，向天呼号，希望有人能够帮忙，捎信向家人报平安。

余冠英先生在《诗经选》中认为，唐代著名的边塞诗人岑参的《逢入京使》与这首《桧风·匪风》意境相似："故园东望路漫漫，双袖龙钟泪不干。马上相逢无纸笔，凭君传语报平安。"游子的无奈与思乡之情令人动容。

蜉 蝣①

蜉蝣之羽，衣裳楚楚。心之忧矣，于我归处。
蜉蝣之翼，采采②衣服。心之忧矣，于我归息。
蜉蝣掘阅③，麻衣如雪。心之忧矣，于我归说。

【注释】

①蜉蝣（fú yóu）：一种昆虫，寿命极短，朝生暮死。
②采采：衣服华丽的样子。
③阅：同"穴"。

【翻译】

蜉蝣双羽翼，衣裳鲜艳多漂亮。可恨朝生暮就死，我们归宿都

名师释疑

楚楚：鲜明的样子。

说：同"税"，休息。

一样。蜉蝣双羽翼，衣裳华丽丽。可恨朝生暮就死，我们归宿都一样。蜉蝣掘洞穴，麻衣似雪白。可恨朝生暮就死，大家都是这下场。

【点评】

本诗是诗人对人生短促、生命易逝的感叹。

蜉蝣作为一种昆虫，虽然羽翼漂亮，但是生存期极短，朝生暮死，容易让人联想到人类自身：人的一生，即使无病无灾，也不过短短数十年。"最是人间留不住，朱颜辞镜花辞树"。即使拥有良田千顷、广厦万间、显赫爵禄，当寿命将尽时也不可抗拒，思之令人悲伤。

曹国是当时一个很小的诸侯国，当时是曹共公统治天下，一些旧贵族趋于没落，这首《蜉蝣》正是他们没落后的悲叹。昔日的贵族，生活富足，宫殿壮丽，衣服华美，食物精细，每天逍遥自在，夜夜歌舞升平；如今，他们沦为普通民众，昔日荣华不在，回首往昔，如梦一场。他们进而感慨人生无常，世事变迁，生命短促，因此写出了这《蜉蝣》悲歌。

人生弹指一挥间，"高堂明镜悲白发，朝如青丝暮成雪"。我们无法抗拒生命的结束，无法延伸生命的长度，但是我们可以拓宽生命的宽度。我们应该在自己有限的生命里，活得精彩。好好活，做有意义的事，这样能在生命消逝时少有遗憾和悔恨。

候 人①

彼候人兮，何②戈与祋③。彼其之子，三百赤芾④。
维⑤鹈⑥在梁⑦，不濡其翼。彼其之子，不称其服。
维鹈在梁，不濡其咮⑧。彼其之子，不遂⑨其媾⑩。

名师指津

出自唐代诗人李白的古诗作品《将进酒》。感叹的是人生流逝，不可逆转。

名师释疑

濡：湿。

称：符合。

荟兮蔚兮⑪，南山朝隮⑫。婉兮娈兮⑬，季女⑭斯饥。

【注释】

①候人：古代官名，在路上迎送宾客的小官。　②何：同"荷"，扛。　③祋（duì）：兵器的一种。　④赤芾（fú）：红色的蔽膝，大夫以上的官才可以穿。　⑤维：文言助词。　⑥鹈（tí）：即鹈鹕，一种水鸟，靠捕食鱼类为生。　⑦梁：为捕鱼而建的坝。　⑧咮（zhòu）：鸟的嘴。　⑨遂：如意。　⑩媾（gòu）：宠爱。　⑪荟、蔚：指云雾弥漫的样子。　⑫隮（jī）：虹。　⑬婉、娈：指美好的样子。　⑭季女：少女。

【翻译】

那个候人官职低，肩上扛着戈和祋。大夫高官三百人，个个穿着红蔽膝。鹈鹕栖在鱼坝上，不沾湿它那羽翼。那些大夫高官们，德行不配身上服。鹈鹕停在鱼坝上，不沾湿它那长嘴。那些大夫高官们，所受宠爱不如意。云雾弥漫天阴沉，南山早上虹升起。候人女儿多美好，腹内空空忍饥饿。

【点评】

这是一首下层官吏谴责上层贵族,表达了对自身境遇不满的诗歌。

本诗一共四章。第一章，诗人采用直接对比的方式，对比了候人和大夫不同官职的不同境况："候人"作为封建官僚系统里最低品级的官，他们做着最辛苦的工作却享受着最低廉的俸禄、待遇，社会地位极低；而"彼其之子"，那些贵族士大夫、那些暴发户，却整日无所事事，"在其位"却不"谋其政"，官高禄厚，

名师指津

本诗对现实生活的揭露十分到位，可让人理解到小人物的生存困境。

生活奢靡。诗中虽没有明确使用寓含褒贬的言辞进行评判，但却可以在其客观的陈述中了解、体会其中的是非、不公。

诗歌的第二、三章，运用了比兴手法。以鹈鹕鸟作比，引出"彼其之子"：鹈鹕鸟站在鱼坝上捕鱼，只需伸长脖颈、探出嘴就可以吃到鱼。因为它们站在高处，甚至不用沾湿翅膀、沾湿长嘴；而身处高位的大夫世族，他们无功受禄，不劳而获，德行、华服与官爵很不相配，令人生厌。批判的语言更为直接，力度更为强烈，愤懑之情喷薄而出。

诗人发泄了对贵族的不满，抬头看到云雾弥漫、天色阴沉，想到自己的女儿不能吃饱饭，整日饿肚子，而自己却无能为力，倍感无奈、辛酸。

鸤 鸠①

❤名师释疑❤

仪：外表、仪态。

鸤鸠在桑，其子七②兮。淑人③君子，其仪一兮。其仪一兮，心如结④兮。
鸤鸠在桑，其子在梅。淑人君子，其带伊⑤丝。其带伊丝，其弁⑥伊骐⑦。
鸤鸠在桑，其子在棘。淑人君子，其仪不忒⑧。其仪不忒，正是四国。
鸤鸠在桑，其子在榛⑨。淑人君子，正是国人。正是国人，胡不万年？

【注释】

①鸤鸠（shī jiū）：即布谷鸟。　②七：概数，言其多。
③淑人：善人。　④结：团结，指用心专一。　⑤伊：是。
⑥弁（biàn）：帽子。　⑦骐：马，这里用来形容帽子。
⑧忒（tè）：差错。　⑨榛（zhēn）：榛树。

【翻译】

鸤鸠筑巢桑树间，悉心哺育众小鸟。善良仁义好君子，仪容品德同如一。仪容品德同如一,用心专一不可移。鳲鸠筑巢桑树间,小鸟嬉戏梅林间。善良仁义好君子,他的腰带是丝做的。他的腰带是丝做的,他的帽子有花样。鳲鸠筑巢桑树间,小鸟嬉戏枣树上。善良仁义好君子,仪容品德无差错,成为四国好榜样。鳲鸠筑巢桑树间,小鸟嬉戏榛树间。善良仁义好君子,国中之人好榜样。国中之人好榜样,怎不祝他活万年。

【点评】

《毛诗序》云:"《鳲鸠》,刺不一也。在位无君子,用心之不一也。"曹国国君曹共公在位无德,民众对他不满而怀念先君,因此赞美、追忆先君的高尚品德,借以来讽刺曹共公。

布谷鸟哺育自己的小鸟,能够做到公平、平均。以布谷鸟和曹国的先君做比较,二者具有相似的可贵品德。先君是民众心目中理想的君子,他善良仁义,用心专一,仪表堂堂,衣饰得体,品行无差,受到四方人民的爱戴和尊敬,百姓都以他为榜样,希望他长寿无疆,对他充满怀念。

如今的国君却比不上先君,百姓赞美他们的先君,是对曹共公的批评,也是对他进行提醒,希望他能以先君为榜样,改掉自己的缺点,重新整顿风气,治理好自己的国家。

七 月[①]

七月流火[②],九月授衣[③]。一之日[④]觱发[⑤],二之日栗烈[⑥]。无衣无褐[⑦],何以卒岁[⑧]?三之日于[⑨]耜[⑩],四之日举趾[⑪]。同我妇子,馌[⑫]

彼南亩，田畯⑬至喜。

七月流火，九月授衣。春日载⑭阳⑮，有鸣仓庚⑯。女执懿⑰筐，遵⑱彼微行⑲，爰⑳求柔桑。春日迟迟㉑，采蘩㉒祁祁㉓。女心伤悲，殆㉔及公子同归。

七月流火，八月萑苇㉕。蚕月㉖条㉗桑，取彼斧斨㉘。以伐远扬㉙，猗㉚彼女桑㉛。七月鸣鵙㉜，八月载绩㉝。载玄载黄，我朱孔阳㉞，为公子裳。

四月秀㉟葽㊱，五月鸣蜩㊲。八月其获，十月陨萚㊳。一之日于貉㊴，取彼狐狸，为公子裘。二之日其同，载缵㊵武功㊶。言㊷私㊸其豵㊹，献豜㊺于公。

五月斯螽㊻动股，六月莎鸡㊼振羽。七月在野，八月在宇㊽，九月在户㊾，十月蟋蟀入我床下。穹窒㊿熏鼠，塞向㈠墐㈡户。嗟我妇子，曰为改岁㈢，入此室处。

六月食郁㈣及薁㈤，七月亨㈥葵㈦及菽㈧。八月剥枣㈨，十月获稻。为此春酒，以介㈩眉寿㈪。七月食瓜，八月断壶㈫，九月叔㈬苴，采荼㈭薪樗㈮。食㈯我农夫。

九月筑场圃，十月纳禾稼。黍稷重㈰穋㈱，禾麻菽麦。嗟我农夫，我稼既同，上入执宫功㈲。昼尔㈳于茅㈴，宵尔索绹㈵，亟㈶其乘屋㈷，其始播百谷。

二之日凿冰冲冲，三之日纳于凌阴㈸。四之日其蚤㈹，献羔祭韭。九月肃霜，十月涤场。朋酒㈺斯飨㈻，曰杀羔羊，跻㈼彼公堂。称彼兕觥㈽：万寿无疆！

名师释疑

玄：黑色。

苴（jū）：青麻的籽实。

【注释】

①七月：夏历七月。 ②流火：火，指火星。流火指火星开始向西落下。此时天气开始转凉。 ③授衣：缝制冬天的衣服。 ④一之日：夏历的十一月，周历以夏历的十一月为正月。下文二之日，夏历十二月。三之日，夏历一月（正月）。四之日，夏历二月。夏历三月，不作五之日，只称为"春"。 ⑤觱（bì）发：寒风呼呼响的声音。 ⑥栗烈：凛冽。 ⑦褐：粗布衣服。 ⑧卒岁：终岁，度过这年。 ⑨于：为，修理的意思。 ⑩耜（sì）：农具的一种。 ⑪举趾：抬足，指下地种田。 ⑫馌（yè）：给在田间耕作的人送饭。 ⑬田畯：监工的农官。 ⑭载：开始。 ⑮阳：天气暖和。 ⑯仓庚：黄鹂鸟。 ⑰懿：深。 ⑱遵：沿着。 ⑲微行（háng）：小路。 ⑳爰：于是。 ㉑迟迟：阳光温暖、光线充足的样子。 ㉒蘩：白蒿。 ㉓祁祁：众多的样子。 ㉔殆：害怕。 ㉕萑（huán）苇：芦苇。 ㉖蚕月：养蚕的月份，指三月。 ㉗条：挑取。 ㉘斧斨（qiāng）：指斧子。 ㉙远扬：向上长的桑树枝。 ㉚猗（yī）：同"掎"，束而采之。 ㉛女桑：嫩桑叶。 ㉜鵙（jú）：伯劳鸟。 ㉝绩：搓麻线。 ㉞孔阳：颜色很鲜亮。 ㉟秀：植物吐穗开花。 ㊱葽（yāo）：一种草。 ㊲蜩（tiáo）：蝉。 ㊳萚（tuò）：草木脱落的皮或叶。 ㊴于貉（hé）：打貉。 ㊵缵（zuǎn）：继续。 ㊶武功：这里指打猎。 ㊷言：语助词。 ㊸私：自己留着。 ㊹豵（zōng）：一岁的小猪。 ㊺豜（jiān）：三岁的大猪。 ㊻斯螽（zhōng）：蚱蜢。

125

㊼莎（suō）鸡：一种虫。㊽宇：屋子。㊾户：门。(50)穹窒：堵塞老鼠洞。(51)向：朝北的窗户。(52)墐（jìn）：用泥涂塞。(53)改岁：过年。(54)郁：蔷薇科植物，果实名为郁李。(55)薁（yù）：野葡萄。(56)亨：同“烹”，煮。(57)葵：蔬菜名。(58)菽：豆。(59)剥枣：打枣。(60)介：佐助。(61)眉寿：长寿。(62)壶：同“瓠”，葫芦。(63)叔：拾取。(64)荼（tú）：苦菜。(65)樗（chū）：臭椿树。(66)食（sì）：供养。(67)重：晚熟作物。(68)穋（lù）：早熟作物。(69)宫功：修建宫室。(70)尔：语助词。(71)于茅：割茅草。(72)索绹：搓绳子。(73)亟：赶快。(74)乘屋：登上屋顶。(75)凌阴：储藏冰块的地方。(76)蚤：同“早”。(77)朋酒：两壶酒。(78)飨（xiǎng）：用酒食招待客人。(79)跻（jī）：登上。(80)兕觥：酒杯。

【翻译】

七月火星向下沉，九月开始制冬衣。十一月北风呼呼吹，十二月天寒冻彻骨。没有衣服怎过冬？正月开始修理农具，二月去到田里忙耕作。还有我的妻子儿女来帮忙，他们把饭送到田里来，农官看了很欢喜。七月火星向下沉，九月开始制冬衣。春季天气暖洋洋，黄鹂鸟在枝头唱。姑娘拿着深深的竹筐，沿着小路采柔桑。春日阳光暖融融，众多人来采蒿。姑娘心中有悲伤，害怕公子看上把人抢。七月火星向下沉，八月去把芦苇割。三月挑取好桑树，拿着斧头砍下长枝条，顺着短枝采桑叶。七月伯劳鸟儿叫，八月忙着去搓麻。染成黑色染黄色，我染红色最鲜亮，为那公子做衣裳。四月萋草吐穗开花，五月蝉儿叫不停，八月庄稼要收割，十月落叶洒满地。十一月把那貉子打、把狐狸皮剥下，只为给公子做皮衣。十二月大家一起继续来打猎，自己留着小猪吃，大猪献给众王公。五月蚱蜢把腿弹，六月莎鸡抖翅膀，七月蟋蟀在田野，八月蟋蟀屋檐叫，九月跳到门里面，十月钻到我床下。塞住北窗熏老鼠，泥好门户。感叹我的妻儿们，说是要"过年"，只能住进这陋室。六月吃上郁李、野葡萄，七月煮着葵菜和豆子，八月打枣，十月割稻，用这稻米酿成酒，祝福主人永长寿。七月有瓜吃，八月摘葫芦，九月拾麻子。采来苦菜砍来柴，养活我这个农夫。九月修筑打谷场，十月收好诸庄稼：黍、稷、禾、麻、菽和麦子。感叹我这个农夫，自己庄稼收割毕，得为公家修宫室。白天割茅草，晚上搓麻绳，赶紧去修屋室，春天到了忙着种百谷。十二月凿冰忙，正月将冰保存好。二月取冰祭祀早，献上韭菜和羔羊。九月天降霜，十月清扫打谷场。招待客人两壶酒，再杀几只羔羊来。登上那公家堂，举起那牛角杯，同祝我主寿无疆！

【点评】

《七月》是一首农事诗，全诗一共八十八句。诗歌以时间为序，以史诗般宏大的气魄、结构，逐月详细描述了封建时代农民一年到头的辛苦生活。

诗歌从十一月（即正月）开始叙述。北风呼啸，寒气逼人，这对贵族来说可能只是一个平常的季节，对无衣无褐、无以蔽体的穷苦农民来说，却极其难熬，他们甚至担心自己熬不过寒冬，随时可能被冻死。而当他们终于熬过寒冬，还没来得及暖和过来，

名师指津

《七月》是《诗经》中篇幅最长的一首诗。

名师指津

这首诗首章用了鸟瞰的手法，总览劳动者全年的生活状况，并为我们展现了百姓辛勤劳作，努力生活的凄苦艰辛的岁月。它统领全诗，为后续内容奠定基调，并提示强调了总纲的所要表达的思想感情。

迫于生计，他们就需要赶快把农具拿出来修理好，开始春耕。自己的妻子、孩子同样需要跟着自己劳动，而农官只是在一旁对他们进行监督、管理，而绝对不会同情并帮助他们的。

春天终于来了。天气回暖，万物复苏，黄鹂鸟在枝头唱着歌，姑娘拿着竹筐去采桑叶。她们心里还有隐隐的担忧，怕出门在外的时候，不小心被哪一个贵族公子看中，就要成为他的女仆，不得自由。她们辛勤采桑、纺麻、织布、染色，却只是"为他人作嫁衣裳"。

秋天是收获的季节。庄稼收割完毕，辛苦劳作之后的农民没有获得喘息的机会，就开始为贵族打猎：动物的肉被用来食用，而皮革却被制成贵族保暖的衣裘。并且他们得将大的猎物交给贵族，自己只可以留下小的。然后，他们需要为贵族去修缮宫殿，迎接冬天的到来。

冬天来临，他们需要修补自己破陋的房屋，使它不那么漏风，勉强过冬。农夫感慨自己的悲惨生活，为自己如此辛劳却不能为自己的妻儿提供一个保暖的屋舍而惭愧，令人同情。寒冬腊月，他们开始凿冰为贵族储藏冰块，以备他们祭祀及夏日的享受。

农民的悲惨生活不是因为他们的不劳动，相反，正是因为他们一年四季不停歇的劳作，到最后却只是为别人服务，自己的收获却微乎其微，甚至"衣不蔽体，食不果腹"。这样，才更令人们对他们的不幸表示悲愤。

东 山

我徂①东山②，慆慆③不归。我来自东，零雨④其濛。我东曰归，我心西悲。制彼裳衣，勿士⑤行枚⑥。蜎蜎者蠋⑦，烝⑧在桑野。敦⑨彼独宿，亦在车下。

名师释疑

蜎(yuān)蜎：形容虫子爬行的屈曲蠕动的样子。

我徂东山，慆慆不归。我来自东，零雨其濛。果臝⑩之实，亦施⑪于宇⑫。伊威⑬在室，蠨蛸在户。町疃⑭鹿场，熠耀宵行⑮。不可畏也，伊可怀也。

我徂东山，慆慆不归。我来自东，零雨其濛。鹳鸣于垤⑯，妇叹于室。洒扫穹窒，我征聿⑰至。有敦瓜苦，烝在栗薪⑱。自我不见，于今三年。

我徂东山，慆慆不归。我来自东，零雨其濛。仓庚于飞，熠耀其羽。之子于归，皇驳⑲其马。亲⑳结其缡㉑，九十其仪。其新孔㉒嘉，其旧如之何？

名师释疑

熠耀：闪闪发光的样子。

【注释】

①徂（cú）：往。　②东山：在今山东省境内。　③慆（tāo）慆：时间久。　④零雨：又慢又细的小雨。　⑤士：同"事"，从事。　⑥行枚：士兵行军时为了保证不出声而含在嘴里的像筷子一样的东西，这里代指军队。　⑦蠋（zhú）：一种野蚕。　⑧烝：放置。　⑨敦：身体蜷成团状。　⑩果臝（luǒ）：一种蔓生葫芦科植物。　⑪施（yì）：蔓延。　⑫宇：屋檐。　⑬伊威：虫名，后文的蠨蛸（xiāo shāo）与此同义。　⑭町疃（tǐng tuǎn）：禽兽践踏的地方。　⑮宵行：即萤火虫。　⑯垤（dié）：小土丘。　⑰聿（yù）：语气助词。　⑱栗薪：苦菜。　⑲皇驳：黄白色与红白色。　⑳亲：妻子的母亲。　㉑缡（lí）：妇女系在身前的佩巾。　㉒孔：很。

【翻译】

我曾东征去远方，久不能归思家乡。今日我从东方归，细雨蒙蒙路途遥。口中说着要东归，满腹思绪心伤悲。做好归家新衣裳，不再含枚远出征。野蚕蜷缩在桑树，我也独宿在车下。我曾东征去远方，久不能归思家乡。今日我从东方归，细雨蒙蒙路途遥。葫芦结出果实多，蔓延挂满屋檐上，伊威、蟏蛸遍地是。田地变为野兽场，夜晚萤火虫儿亮。即使荒凉亦不惧，依旧被我深怀念。我曾东征去远方，久不能归思家乡。今日我从东方归，细雨蒙蒙路途遥。鹳鸟鸣于土丘上，妻子感叹在屋房。打扫干净我屋舍，盼我快快归来到。苦瓜伴着苦菜长。自我远去未相见，于今长达三年久。我曾东征去远方，久不能归思家乡。今日我从东方归，细雨蒙蒙路途遥。黄鹂鸟儿翩翩飞，羽毛鲜亮发着光。妻子当初嫁与我，皇驳花马迎娶她。母亲替她系佩巾，仪式繁多花样多。新婚宴尔多美好，久别重逢何景象？

【点评】

这首诗，写出了被奴隶主阶级强迫出征的人回乡途中的复杂心情。

归人边走边想，回忆过去新婚时的幸福，回忆久别的故乡和妻子。他预感到解甲归田与妻子团聚的愉悦，又想象到故乡田园荒芜、满目苍凉的景象。既回忆往昔的燕尔新婚，又不知妻子今昔状况。悲喜交集，忐忑不安。这都是剥削统治阶级迫使他参加非正义战争的结果。这首诗表达了古代人民对奴隶主阶级发动非正义战争的抗议。

全诗四章，在每一章中，诗人都有丰富的心理活动，幻想家园的荒芜凋敝和亲人的痛苦期待，回忆当年的新婚快乐，每章开头重复这四句，把复杂的内容统一起来，限定了它们都是抒情主人公在还乡途中的所感所想，这就把各章紧密地联系起来，浑然成为一个整体。主人公在细雨蒙蒙的还乡途中，想象着家园荒芜，于是心中便出现了荒凉的景象。由于怀念往年在家乡的幸福欢乐生活，因此有了欢快的景象，这是即情见景。"蜎蜎者蠋，烝在桑野。敦彼独宿，亦在车下。"用蜷曲的野蚕露宿野外，比喻征夫露宿车下。

名师指津 这里用的是隐喻。

破 斧

既破我斧,又缺①我斨②。周公③东征,四国④是皇。哀我人斯,亦孔⑤之将⑥。既破我斧,又缺我锜⑦。周公东征,四国是吪⑧。哀我人斯,亦孔之嘉⑨。既破我斧,又缺我銶⑩。周公东征,四国是遒⑪。哀我人斯,亦孔之休。

名师释疑

皇:匡正。

休:完美。

【注释】

①缺:使有缺口。 ②斨(qiāng):方孔的斧子。③周公:周武王的弟弟,名旦。 ④四国:指商、管、蔡、霍四国。 ⑤孔:很。 ⑥将:大。 ⑦锜(qí):古代的一种伐木工具。 ⑧吪(é):感化。 ⑨嘉:好。 ⑩銶(qiú):凿子之类。 ⑪遒:坚固。

【翻译】

我的圆孔斧子砍破了,我的方孔斧子有缺口。周公出征去远方,四国祸乱被匡正。可怜我们这些人,能够活着归来真是命大得很。我的圆孔斧子砍破了,我的锜子有缺口了。周公东征去远方,四国百姓被感化。可怜我们这些人,能够活着归来真是好。我的圆孔斧子砍破了,我的凿子有裂缝。周公东征去远方,四国局势被稳定。可怜我们这些人,能够活着归来真是好。

【点评】

这是一首出征归来的士兵的喜悦之诗。

诗歌一共三章。反复咏唱了三部分:一是战斗时的艰苦、激烈,致使士兵们的兵器都已损坏；二是周公的威武赫赫和战争后的作用；三是自己庆幸活着归来的喜悦之情。

战争对于统治者来说，可以宣扬自己的威猛、国势的强大，可以获得更多的土地，更大的名声。对普通士兵来说，则是充满危险的一件事，他们年纪轻轻就要告别家乡，离开亲人，很多人一去不返，没能活着回到家乡。在战场上，鼓舞他们的是家国仇恨，军人荣誉，但真正上战场后，他们只是一个想活下去的个体而已。贪生恶死乃人之常情。他们惧怕死亡，热爱生命。他们只是想着活着回去，所以他们选择奋勇杀敌，希望能够活着回到家乡。谁都有活下去的权利，应该为他们的归来感到高兴。

伐① 柯②

伐柯如何③？匪斧不克④。取妻如何？匪媒不得。

伐柯伐柯，其则⑤不远。我觏⑥之子，笾⑦豆有践⑧。

◆名师释疑◆

之子：那个姑娘。

豆：木制的盛物器具。

【注释】

①伐：砍。　②柯：树枝。　③如何：怎么办。　④克：能够。　⑤则：准则。　⑥觏（gòu）：遇见、看见。　⑦笾（biān）：古代祭祀或宴会时用以盛物的竹制器具。　⑧践：陈列整齐。

【翻译】

想要伐树怎么办？不用斧子不能够。想要娶妻怎么办？没有媒人办不到。去砍树呀去砍树，砍树法则在眼前。想要遇见那姑娘，摆好器具等待她。

【点评】

这首诗以用斧子砍伐比喻说明结婚需要媒人。

婚姻是古代封建社会的大事。《礼记》记载:"夫昏(婚)礼,万世之始也。"聘娶婚是当时婚姻形制的主流,结婚必须有"父母之命,媒妁之言"。从议婚到完婚的六道程式——纳采、问名、纳吉、纳征、请期、亲迎,都需要媒妁(即媒人)的参与。许慎《说文解字》云:"媒,谋也,谋合二姓;妁,酌也,斟酌二姓也。""谋合二姓",就是帮助两个不同姓的男女缔结婚姻;"斟酌",就是权衡利弊、择善而定的意思。"男女非有行媒,不相知名","将欲与彼合婚姻,必先媒氏下通其言",可见媒人的重要性。

本诗是对这种婚姻规则的倡导和遵守,正所谓"无规矩不成方圆"。诗人认为就像砍伐树木必须使用斧子一样,娶妻也必须有媒妁。否则,婚姻会被视为非法、无效,而不被认同,即"明媒正娶"。这首《豳风·伐柯》与《齐风·南山》的最后一章"析薪如之何?匪斧不克。取妻如之何?匪媒不得"所表达的意义完全一致,可见媒妁在当时的重要性。后来,媒人直接被称作"伐柯",为人做媒被称为"作伐",可见本诗的流传之广。

名师指津

这首诗以伐树需要一柄合适的斧子做比喻,说明男子成亲也如同斧子寻找一个合适的柄一样。体现了在古代,两人成亲一定要遵循一定的规律程序,要有媒人搭线。"斧"字谐音为"夫",柄配斧子,暗喻妻子配丈夫。

名师赏析

《风》中大部分是以恋爱婚姻为主题的民歌,诗歌语言质朴,内容多样:有的体现热恋的欢乐,有的体现相思的愁苦,还有的控诉自己婚姻的不幸。但是无论哪一种,都将古代女子那种细腻柔婉的性格体现得淋漓尽致。例如《关雎》一诗,表现的就是一位男子对一位美丽女子的爱慕之情。另外还有劳动题材的诗歌，韵律简单欢快，唱出了劳动人民的热情和勤奋。《芣苢》描写的是妇女们采摘芣苢时的情景，全诗语言轻快，洋溢着劳动的欢愉之情。而揭露、讽刺诸侯荒淫无耻的作品也不在少数，《南山》一诗则讽刺了贵族阶层的丑陋虚伪、荒淫无能。

学习借鉴

好词

寤寐　果实累累　丝丝缕缕　如泣如诉　茁壮　飒飒

好句

* 桃之夭夭，灼灼其华。
* 南有乔木，不可休思；汉有游女，不可求思。
* 绿兮衣兮，绿衣黄里。

思考与练习

1. 《桃夭》是一首描写什么的诗？表达了作者什么思想感情？
2. 《芣苢》中主要运用了什么手法？
3. 《凯风》是一首什么诗？体现了作者怎样的思想感情？
4. 《式微》中"微君之躬，胡为乎泥中？"一句做何解释？
5. 《新台》一诗中作者揭露和讽刺了谁的丑行？

雅

> **名师导读**
>
> 《雅》包括《大雅》和《小雅》共105篇，合称"二雅"，其中的诗作多为宫廷宴享或朝会时的乐歌，除少量的民歌外，大多数都是贵族文人的作品。

鹿 鸣

呦呦①鹿鸣，食野之苹。我有嘉宾，鼓瑟吹笙。

吹笙鼓簧，承②筐是将③。人之好我，示我周行。

呦呦鹿鸣，食野之蒿。我有嘉宾，德音④孔⑤昭⑥。

视民不恌⑦，君子是则⑧是效。我有旨⑨酒，嘉宾式⑩燕⑪以敖⑫。

呦呦鹿鸣，食野之芩⑬。我有嘉宾，鼓瑟鼓琴。

鼓瑟鼓琴，和乐且湛⑭。我有旨酒，以燕乐嘉宾之心。

《名师释疑》

苹：蒿的一种，即青蒿。

周行：大道理。

【注释】

①呦（yōu）呦：拟声词，鹿的叫声。　②承：奉上。　③将：送。　④德音：美好的品德。　⑤孔：很。　⑥昭：显著。　⑦恌（tiāo）：同"佻"，轻佻。　⑧则：法则，

这里名词用作动词。　⑨旨：美味。　⑩式：语气助词，没有实义。　⑪燕：同"宴"，宴饮。　⑫敖：出游。　⑬芩（qín）：蒿类植物的一种。　⑭湛（zhàn）："媅"的借字。即酒酣、尽兴的意思。

【翻译】

一群鹿儿呦呦叫，吃着原野的青蒿。我有嘉宾坐满堂，席间鼓瑟又吹笙。吹着笙箫又鼓簧，捧着竹筐送礼物。人人对我很喜欢，教我人生大道理。一群鹿儿呦呦叫，吃着原野的蒿草。我有嘉宾坐满堂，品德良好美名扬。对待百姓不轻佻，君子都来效法他。我有美酒捧出来，宾客欢娱共出游。一群鹿儿呦呦叫，吃着原野的蒿草。我有嘉宾坐满堂，席间鼓瑟又弹琴。席间鼓瑟又弹琴，伴着音乐多快乐。我有美酒捧出来，宴饮畅快多尽兴。

【点评】

"雅"是朝廷的正乐，分为"大雅"和"小雅"。"大雅"的作者都是上层贵族，"小雅"的作者既有上层贵族，也有下层身份低微的民众。"小雅"的题材包括宴飨诗、战争诗、怨刺诗等。

中国号称"礼仪之邦"，"礼乐文化"是周朝文化最重要的特征，宴飨诗就是这种礼乐文化的一种表现。在宴会上，宾客尽欢，诗、乐、酒、舞缺一不可。《鹿鸣》就是一首君王宴请群臣时在宴会上唱的歌。

诗歌一共三章。在每章的开头两句，都以鹿的叫声起兴：在开阔的原野上，一群鹿儿悠闲地吃着草，时而呦呦地叫几声，一派和谐景象。在这样的氛围下，群臣宴会，德行优良的嘉宾满堂，美酒佳肴，鼓瑟弹琴，奏乐助兴，好不畅快。席间宾主交谈甚欢，互赠礼物，以表敬意、谢意，其乐融融。

四　牡①

四牡骓骓②，周道③倭迟④。岂不怀归？王事靡盬⑤，我心伤悲。

四牡骓骓，啴啴⑥骆⑦马。岂不怀归？王事靡盬，不遑⑧启处⑨。

翩翩者鵻⑩，载飞载下，集于苞⑪栩⑫。王事靡盬，不遑将⑬父。

翩翩者鵻，载飞载止，集于苞杞。王事靡盬，不遑将母。

驾彼四骆，载骤骎骎⑭。岂不怀归？是用作歌，将母来谂⑮。

◆名师释疑◆

靡：没有。

【注释】

①牡：公马。　②骓（fēi）骓：马因不停地走路而显现出的疲劳的样子。　③周道：大路。　④倭迟（wēi yí）：即"逶迤"，道路曲折遥远的样子。　⑤盬（gǔ）：停止。　⑥啴（tān）啴：喘气的样子。　⑦骆：黑鬃的白马。　⑧遑（huáng）：闲暇。　⑨启处：安居。　⑩鵻（zhuī）：一种鸟名。　⑪苞：茂盛。　⑫栩：柞树。　⑬将：养。　⑭骎（qīn）骎：马跑得很快的样子。　⑮谂（shěn）：思念。

【翻译】

四匹公马跑得累，路途曲折又遥远。难道不想把家回？公事繁多无停歇，我的心里好伤悲。四匹公马跑得累，黑鬃白马喘吁吁。难道不想把家回？公事繁多无停歇，没有闲暇可安居。鵻鸟翩翩在空中，飞上飞下多自在，栖在茂密柞树上。公事繁多无停歇，没有空闲养父亲。雏鸟翩翩在空中,飞来飞去多自在,栖在茂密杞树上。公事繁多无停歇,没有空闲养母亲。驾着四匹黑鬃马,急速驱驰事儿忙。难道不想把家回?歌唱一曲诉衷肠,想念我的老母亲。

【点评】

这是一首在外的小官员思归而不得的行役诗。

全诗一共五章,句式整齐,采用了重叠的方法,反复吟唱,不断铺陈,将自己的苦闷心情一步步升华。

诗歌第一、二、五章以在路上奔跑的四匹马起兴,马儿伴随诗人一同离家,同他一起为公家差事奔波,受尽劳累没有闲暇休息,不得归家,有同病相怜的感觉,让人伤悲。

第三、四章以雏鸟起兴,鸟儿作为禽类,它们自在飞翔,飞累了随意找树枝栖息,随时可以归巢,而自己却没有鸟的欢乐,让人感慨万千。当想到自己作为子女不能侍奉在父母身边时,心里感到十分惭愧。

诗人应该是最底层的官员,由于是底层,他没有享受到贵族官吏一样的良好待遇,只是受苦,所以写了这首《四牡》怨歌。

名师指津:小官吏的生活都这般不如意,那当时的普通民众又会是何等的艰苦啊!

常 棣①

常棣之华,鄂②不韡韡③。凡今之人,莫如兄弟。

死丧之威,兄弟孔怀④。原隰⑤裒⑥矣,兄弟求⑦矣。

脊令⑧在原,兄弟急难。每有良朋,况⑨也永⑩叹。

兄弟阋⑪于墙,外御其务⑫。每有良朋,烝⑬也无戎。

丧乱既平,既安且宁。虽有兄弟,不如友生⑭?

傧⑮尔笾豆⑯，饮酒之饫⑰。兄弟既具，和乐且孺⑱。

妻子好合，如鼓瑟琴。兄弟既翕⑲，和乐且<u>湛</u>。

宜尔室家，乐尔妻帑⑳。是究㉑是图，亶㉒其然乎？

◀名师释疑▶

湛（dān）：快乐。

【注释】

①常棣：木名，花两三朵为一缀。　②鄂：同"萼"，花萼，花瓣下部的一圈叶状绿色小片。　③韡（wěi）韡：光明华美的样子。　④孔怀：很关心。　⑤隰（xí）：低湿的地方。　⑥裒（póu）：聚集。　⑦求：寻找。　⑧脊令：即鹡鸰，水鸟名。　⑨况：增加。　⑩永：长。　⑪阋（xì）：争斗。　⑫务：同"侮"。　⑬烝：长久。　⑭友生：朋友。　⑮傧（bīn）：陈列。　⑯笾豆：指祭祀或宴飨时用以盛物的器具。　⑰饫（yù）：吃饱喝饱。　⑱孺（rú）：亲睦。　⑲翕（xì）：和合。　⑳帑（nú）：同"孥"，子。　㉑究：深思。　㉒亶（dǎn）：实在，确实。

【翻译】

常棣花开一簇簇，花儿鲜艳多美丽。遍看今日凡俗人，没人能比兄弟亲。死亡丧葬的威胁，只有兄弟最关心。命丧平原或湿地，兄弟都会来找寻。鹡鸰鸟儿在平原，兄弟急忙来救难。平时虽有好朋友，至此也只是长叹。兄弟争斗在家中，对外却能共御侮。平时即使有兄弟，只觉不如朋友好。笾豆器具摆放好，宴饮后酒足饭饱。兄弟个个都到齐，欢欢喜喜一家亲。妻子与我情意深，鼓瑟弹琴多幸福。兄弟关系多融洽，欢欢喜喜享天伦。全家和睦家美满，妻子儿女乐呵呵。仔细考虑认真想，此中道理无偏差。

诗经选译

名师指津

这首诗除了对兄弟之情的赞颂外，还有对平静安宁之日，兄弟不如朋友亲密的感叹，以及对兄弟之间祥和安乐的崇尚和向往。

名师释疑

爱莫能助：形容心里非常愿意帮助，但限于力量或条件却没有办法做到。

【点评】

《毛诗序》云："《常棣》，燕兄弟也。闵管、蔡之失道，故作《常棣》焉。"《常棣》是一首在宴请兄弟时候唱的歌，表达了对兄弟的珍视和敬爱。

人类的社会关系是从血缘关系开始的。在封建时代，人们认为："兄弟，天伦也。"《颜氏家训》中也说道："兄弟，分形连气之人也。"可见兄弟的重要性。

本诗一共八章。诗歌第一章以常棣之花起兴，因为常棣之花的花萼、花蒂同根，所以用来比喻兄弟。诗人吟咏兄弟之间的血缘亲情，认为当今世上之人，没有什么人可以比自己的兄弟更亲密。

在第二、三、四章，作者铺陈兄弟的珍贵：当遭遇生死大事时，即使你命丧他乡，兄弟一定会不畏艰险来寻找你；当你遇到困难需要帮忙时，你平时所谓的"良朋好友"也只是表示同情并遗憾地表示"爱莫能助"，而你的兄弟会把你的困难当作自己的事情，不惜代价、不顾一切来帮助你，帮你渡过难关；兄弟之间也许平时会为一些小事争吵，但每当有外敌入侵时，你的兄弟一定会第一时间、本能地和你站在一起，抵御外侮，共同抗敌。再好的朋友也比不上你的兄弟。

诗歌最后三章，描绘和妻儿、兄弟进行家庭聚会，摆出餐具，拿出好酒、好菜，琴瑟伴奏助兴，一家人感情融洽、其乐融融，共享天伦之乐。

在当今社会，很多人都是独生子女，已经没有机会去体会古人所推崇的兄弟之情了，这可说是对人伦的一种极大的摧残和破坏。所以，很多人把朋友当兄弟，试图从朋友身上去感受兄弟般的情谊，以为能在朋友中看到兄弟的情谊，与他们没有血缘关系的朋友，已经近似甚至超越了兄弟，他们认为"落地为兄弟，何必骨肉亲"。旁人不置可否。

采 薇①

采薇采薇，薇亦②作③止④。曰归曰归，岁亦莫⑤止。
靡室靡家，狁之故。不遑⑥启居⑦，狁之故。
采薇采薇，薇亦柔止。曰归曰归，心亦忧止。
忧心烈烈，载饥载渴。我戍未定，靡使归聘⑧。
采薇采薇，薇亦刚⑨止。曰归曰归，岁亦阳⑩止。
王事靡盬⑪，不遑启处。忧心孔疚，我行不来！
彼尔维⑫何？维常之华。彼路斯何？君子之车。
戎车既驾，四牡⑬业业⑭。岂敢定居？一月三捷。
驾彼四牡，四牡骙骙⑮。君子所依，小人⑯所腓⑰。
四牡翼翼⑱，象弭⑲鱼服⑳。岂不日戒？狁孔棘㉑！
昔我往矣，杨柳依依㉒。今我来思㉓，雨雪㉔霏霏㉕。
行道迟迟㉖，载渴载饥。我心伤悲，莫知我哀！

> **名师释疑**
> 孔：很。

【注释】

①薇：草本植物，种子可食，俗称野豌豆。 ②亦：语气助词，没有实义。 ③作：生出，长出来。 ④止：语气助词，在句末表示肯定陈述语气，相当于"呢"。 ⑤莫：同"暮"。 ⑥遑：闲暇。 ⑦启居：指安居，后文中的"启处"与此同义。 ⑧聘：探问。 ⑨刚：坚硬，指薇菜长大。

⑩阳：阳月，指天气开始变暖。 ⑪盬（gǔ）：停止。 ⑫维：是。 ⑬牡：公马。 ⑭业业：高大雄壮的样子。 ⑮骙（kuí）骙：马强壮的样子。 ⑯小人：士卒。 ⑰腓（féi）：覆庇。 ⑱翼翼：整齐有秩序的样子。 ⑲象弭（mǐ）：象牙镶饰的弓。 ⑳鱼服：鱼皮制成的箭袋。 ㉑棘：同"亟"，急切，急迫。 ㉒依依：树枝柔弱，随风摇摆的样子。 ㉓思：句末语气词，无实义。 ㉔雨（yù）雪：下雪。 ㉕霏霏：雪盛多的样子。 ㉖迟迟：缓慢的样子。

【翻译】

采豌豆呀采豌豆，豌豆开始发出芽。说归去呀说归去，一年就要到尽头。没有屋子没有家，只因狁狁来冒犯。没有闲暇可安居，只因狁狁来冒犯。采豌豆呀采豌豆，豌豆芽儿嫩又柔。说归去呀说归去，不能归去心忧伤。心里忧愁如火烧，又饥又渴心凄凄。我的防戍未确定，不能归家去探问。采豌豆呀采豌豆，豌豆芽儿已长大。说归去呀说归去，年头已经到阳月。公事繁多无停歇，没有闲暇可安居。心里忧愁多痛苦，我怕不能再归家。那儿盛开什么花？是那常棣花儿开。那路上跑着谁的车？是将军的车。兵车已经驾好了，四匹公马多雄壮。怎敢放松来安居？一个月里三胜仗。驾起那四匹公马，公马高大又强壮。战车是将军、士卒好依靠。四匹公马有秩序，带着象弭和鱼袋。怎不日日严戒备？狁狁战事很紧急。昔日我离家出征，杨柳飘摇随风摆。如今退伍归家来，大雪纷飞下不停。走在路上步履缓，又饥又渴心凄凄。我心伤悲多感慨，没人知晓我哀愁。

◆名师释疑◆
狁狁（xiǎn yǔn）：古代西北边少数民族名。

【点评】

《毛诗序》云:"《采薇》,遣戍役也。文王之时,西有昆夷之患,北有狎狁之难。以天子之命,命将率遣戍役,以守卫中国。"实际上,据分析,《采薇》是一首戍役归来的士兵在返回途中写的歌。

诗歌一共六章。前三章叙述难以归家的缘由。士兵出征多年,想要回家却不能够,不是因为自己不想回家,而是因为国家的边境不断遭到狎狁的侵犯。狎狁使自己有家不得归,不能与亲人团聚,而且连自己想要休息也不能,百姓也不能安居乐业。作为一个爱国、有血性的士兵,对侵犯自己国家的外敌感到无比的痛恨,一种想要保卫祖国、对抗侵略的责任感油然而生;但作为一个普通的有感情的个人,士兵常年在外,又对戍役生活产生了厌倦,思念家乡,怨恨战争,满怀愁苦,有时甚至悲观地想自己随时可能战死沙场,再不能回到家乡,见到亲人了,满怀忧愁,让人感到真实。诗歌以"采薇"起兴,以薇随着季节、时间的变化不断长大,芽由"作"到"柔"到"刚",让人产生和士兵一样的对时间的由敏感到麻木:薇在不断长大、变化,而采薇的人却日复一日做着同样的事,感受到他的乏味生活。

如果说前三章是描述戍役中闲时的生活、感受,那么第四、五章则是追忆了战时的紧张生活。士兵在归家途中,回忆起作战时的情景,不禁慷慨激昂。那高大壮硕的战马,已经驾好的战车,雄武威猛的将军,做工精良的兵器,个个精神抖擞的士兵,训练有素,大家同仇敌忾,严阵以待,斗志勃发,日夜戒备,一起抗击外敌,取得一个又一个胜利。这是作为一个有过从军经历的军

名师指津

作者从侧面体现戍边将士们的爱国情怀。通过写狎狁不断进犯国家边境,扰得百姓不得安宁以及戍边将士因为戍守边关,不能回家,来表现出将士们思念家乡以及对狎狁的仇恨。

人一生的回忆，也是他们的自豪之处。这两章的感情基调明显和前三章不同：之前是思乡的忧伤，现在是作战的慷慨激昂。

最后一章，马上到家的士兵心情复杂，"近乡情更怯"。看着渐渐熟悉的风景，诗人慢慢从追忆中回到现实，又从眼前景追忆过去：当初离家时，自己年纪尚轻，虽然留恋家乡，舍不得亲人，杨柳也在随风飘扬来挽留自己，色彩还比较清新、明快；如今归家，大雪纷飞，一片清寂，诗人在担忧回到家乡，自己能否很快适应普通百姓的生活，自己的家人都还安好吗？自己的家乡应该没有受到战争的牵连吧？……一系列的疑问在脑中盘旋，作者内心纠结、悲伤。

战争对人的残害，最重要的也许不是对深陷其中的人们的肉体、身外的损伤，更严重的应该是对他们心灵的摧残。

黄 鸟[①]

黄鸟黄鸟，无集于榖[②]，无啄我粟。

此邦之人，不我肯榖[③]。言旋言归，复[④]我邦族。

黄鸟黄鸟，无集于桑，无啄我粱。

此邦之人，不可与明[⑤]。言旋言归，复我诸兄。

黄鸟黄鸟，无集于栩[⑥]，无啄我黍。

此邦之人，不可与处。言旋言归，复我诸父。

【注释】

①黄鸟：黄雀。　②榖：楮（chǔ）树。　③榖：善。
④复：返回。　⑤明：同"盟"，结盟。　⑥栩：柞树。

名师指津

在战争中，人们面对外在的挑战，心理也备受煎熬，他们的人性也不断被拷问着。

名师释疑

旋：归。

【翻译】

黄雀呀黄雀，不要停在楮树上，不要啄食我小米。这个国家的人们，对我很不友善。回家去呀回家去，回到我自己的家乡。黄雀呀黄雀，不要停在桑树上，不要啄食我高粱。这个国家的人们，不可和他们结盟。回家去呀回家去，回到我的兄弟身边。黄雀呀黄雀，不要停在柞树上，不要啄食我黍子。这个国家的人们，不可和他们相处。回家去呀回家去，回到我的父亲身边。

【点评】

《黄鸟》表达了对不善待自己的"此邦之人"的痛恨和对自己故乡、亲人的思归、思念之情。

因为在本国有"硕鼠"一样的剥削者，他们尸位素餐，不劳而获，作威作福，剥削百姓，使国无宁日、民不聊生。为了寻找传说中的"乐土"，作者来到异邦，以为从此可以安居乐业，快乐生活。但是，真实的情况却是，躲开了"硕鼠"，撞到了"黄鸟"。这个邦国的人们，始终排斥外来者，他们难以相处，不讲信用，不讲道理，仍旧像"硕鼠"一样，啄食自己的粮食，栖息在诗人的领域，让人反感。在这里，感受不到亲人的温暖，受到各种剥削、排挤，所以，作者想要回到自己的邦国，虽然那里也依旧有着剥削，但是，最起码有自己的亲人在身边，可以相互照顾。

这是一首让人心酸的诗。面对压迫、剥削，民众不敢，也无力反抗，只能选择逃离。逃离之后，他们想着处境可以改变，却发现一切照旧，"天下乌鸦一般黑"，无奈之下，只得再次返回故土，

名师指津
它的立意、主题与《魏风·硕鼠》篇有异曲同工之妙。

周而复始。天地广袤,他们却没有自由的容身之所,无论何时何地,他们走不出这生存的困境。

节南山①

节彼南山,维②石岩岩③。赫赫师④尹,民具⑤尔瞻。
忧心如惔⑥,不敢戏谈。国既卒斩,何用⑦不监!
节彼南山,有实⑧其猗⑨。赫赫师尹,不平谓何。
天方荐⑩瘥⑪,丧乱弘多。民言无嘉,憯⑫莫惩嗟。
尹氏大⑬师,维周之氐⑭;秉国之钧⑮,四方是维⑯。
天子是毗⑰,俾⑱民不迷。不吊⑲昊天⑳,不宜空我师。
弗躬㉑弗亲,庶民弗信。弗问弗仕,勿罔㉒君子。
式㉓夷㉔式已,无小人殆㉕。琐琐㉖姻亚㉗,则无膴仕㉘。
昊天不傭㉙,降此鞠㉚讻㉛。昊天不惠,降此大戾㉜。
君子如届㉝,俾民心阕。君子如夷,恶怒是违。
不吊昊天,乱靡有定。式月斯生,俾民不宁。
忧心如酲㉞,谁秉国成㉟?不自为政,卒劳百姓。
驾彼四牡,四牡项领。我瞻四方,蹙蹙㊱靡所骋。
方茂㊲尔恶,相尔矛矣。既夷既怿,如相酬矣。
昊天不平,我王不宁。不惩其心,覆㊳怨其正。
家父作诵,以究王讻。式讹㊴尔心,以畜万邦。

名师释疑
畜:养育。

【注释】

①节南山:高高的终南山。节,高。　②维:文言助词,

没有实义。　③岩岩：高大、高耸的样子。　④师：官名，指太师。　⑤具：同"俱"。　⑥惔（tán）：火烧。　⑦用：因，由。　⑧有实：广大的样子。　⑨猗：长大。　⑩荐：再，又。　⑪瘥（cuó）：疫病。　⑫憯（cǎn）：竟然。　⑬大：同"太"。　⑭氐（dǐ）：根本。　⑮钧：一种制造陶器所用的转轮，又称"陶旋轮"，后喻国政。　⑯维：维系、维持。　⑰毗（pí）：辅助。　⑱俾：使。　⑲吊：善。　⑳昊天：苍天。　㉑躬：亲身、亲自。　㉒周：欺骗。　㉓式：句首语气词，无实义。　㉔夷：平。　㉕殆：危险。　㉖琐琐：卑微，渺小。　㉗姻亚：有婚姻关系的亲戚。　㉘膴（wǔ）仕：高官厚禄。　㉙僾：公平。　㉚鞠：大。　㉛讻：乱。　㉜戾：恶。　㉝届：极限。　㉞酲（chéng）：喝醉了神志不清。　㉟国成：国家政务的权柄。　㊱蹙（cù）蹙：不舒展的样子。　㊲茂：大。　㊳覆：同"复"，反。　㊴讹：感化。

【翻译】

　　峻峭终南山，岩石高又高。赫赫威名尹太师，百姓全部瞻仰他。忧心如焚不敢笑谈，国家已经全覆亡，为何不早做监察！峻峭终南山，山地多开阔。赫赫威名尹太师，办事不公为哪般？上天再次降疫病，死亡丧乱难应对。百姓无有什么好听话，竟然不自我做惩戒！赫赫威名尹太师，是周朝国家之根本。掌握国家大权利，维系天下责任重，天子依赖好帮手，教导百姓不迷失。苍天无眼呀，不应让我们受饥饿。做事不亲力亲为，难以使百姓信服。任用官员不考察，不要欺骗那君子。铲除坏人或平息，不要让小人惹祸。亲戚平庸无才能，不要给予高官厚禄。苍天无眼不公平，降下这大灾难。苍天无眼不施惠，降下这大祸乱。君子如果掌大权，定使百姓无缺失。君子如若受伤害，定使百姓发怒火。苍天不善呀，灾祸如果不平定，祸乱将会月月有，百姓不能得安宁。忧愁使得心如醉，谁将秉持大权柄？不会自顾自为政，最终只会害百姓。驾着四匹大公马，四马雄壮脖颈粗。我看看空旷四周，地方狭窄无处去。太师你的罪恶大，相互之间如执矛。忽而又和好多快乐，相互举杯共唱和。苍天不公平呀，是我君王不安宁。君王不惩尹太师，反而责怪正直人。我的父亲作此诗，想要追究君王错。用以感化他的心，好来治理这国家。

【点评】

《毛诗序》云："《节南山》，家父刺幽王也。"这是一首讽刺周幽王任用奸佞小人而致使国家灾祸不断的诗歌。

诸葛亮在著名的《出师表》里陈述说："亲贤臣，远小人，此先汉所以兴隆也；亲小人，远贤臣，此后汉所以倾颓也。"这也是历代历朝兴衰的原因。

周幽王时期任用奸邪小人太师尹氏，赋予他无限权力，使他在朝中横行霸道，又利用裙带关系，任用自己的亲信、更多的小人，致使整个朝廷中贤臣受到排挤并最终离开朝廷。尹太师处于一人之下万人之上，作威作福，花天酒地。他横征暴敛，致使百姓流离失所，生活困顿，怨声载道，加速了阶级矛盾，使民众对自己的君主怨愤、失望到了极点，最终，周幽王于公元前771年被杀，西周宣告灭亡。

全诗一共十章，描述幽王任用尹太师所带来的灾难性后果：

名师指津
诗人是一位大夫的父亲，即"家父作诵"。

太师的声名、权势、地位，像终南山一样高峻、显赫，但他的所作所为令民众敢怒不敢言；作为执掌国家权柄的太师，他本应是君主的好帮手，百姓的好榜样，国家的基石，可他却用职权之便欺瞒君主，压榨老百姓；本应任人唯贤，他却起用自己无能的亲戚，罢免不听话的贤人、君子。最终，民怨沸腾，国家动荡，天降灾祸进行警告、惩罚。

作者怨恨在其位却不谋其政的尹太师，同时也对任用这个奸佞的君主表示不满和批评，认为君主应该自己好好执政，亲力亲为，而不是把大权交给自己的亲信，最终使百姓受苦。希望他能有所悔悟，改正错误。诗人无论是对尹太师还是对君主的批评，都是出于对国家现状、前途的忧心、关心，显示了浓浓的爱国之情。正所谓："我爱我的国家超过任何国家。正是因为如此，我坚持我一生批评它的权利。"

正 月①

正月繁霜，我心忧伤。民之讹言②，亦孔③之将④。
念我独兮，忧心京京⑤。哀我小心，癙忧以痒⑥。
父母生我，胡俾⑦我瘉⑧？不自我先，不自我后。
好言自口，莠⑨言自口。忧心愈愈，是以有侮。
忧心惸惸⑩，念我无禄。民之无辜⑪，并其臣仆。
哀我人斯，于何从禄？瞻乌爰止？于谁之屋？
瞻彼中林，侯⑫薪侯蒸。民今方殆⑬，视天梦梦⑭。
既克⑮有定，靡⑯人弗⑰胜。有皇⑱上帝，伊⑲谁云憎？
谓山盖⑳卑，为冈为陵。民之讹言，宁㉑莫之惩。

» 名师释疑 «

癙（shǔ）：忧郁病。

诗经选译

召彼故老,讯之占梦。具㉒曰予圣,谁知乌之雌雄!
谓天盖高,不敢不局㉓。谓地盖厚,不敢不蹐㉔。
维号斯言,有伦㉕有脊㉖。哀今之人,胡为虺蜴㉗?
瞻彼阪田㉘,有菀㉙其特。天之杌㉚我,如不我克。
彼求我则,如不我得。执我仇仇㉛,亦不我力㉜。
心之忧矣,如或结之。今兹之正,胡然㉝厉矣?
燎㉞之方扬,宁或灭之?赫赫宗周,褒姒灭之!

终其永怀,又窘阴雨。其车既载,乃弃尔辅㉟。载输㊱尔载,将㊲伯助予!
无弃尔辅,员㊳于尔辐。屡顾尔仆,不输尔载。终逾绝险,曾㊴是不意。
鱼在于沼,亦匪克乐。潜虽伏矣,亦孔之炤㊵。忧心惨惨,念国之为虐!
彼有旨酒,又有嘉肴。洽比其邻,婚姻孔云㊶。念我独兮,忧心殷殷㊷。
佌佌㊸彼有屋,蔌蔌㊹方有谷。民今之无禄,天夭是椓㊺。哿㊺矣富人,哀此惸独。

名师释疑
椓(zhuó):毁坏、伤害。

【注释】

①正月:夏历四月。　②讹言:谣言。　③孔:很。　④将:大。　⑤京京:忧愁不绝的样子。　⑥瘅:病。　⑦俾:使。　⑧瘉(yù):病。　⑨莠(yǒu):坏的。　⑩惸(qióng)惸:忧思的样子。　⑪辜:罪。　⑫侯:语气助词。　⑬殆:陷入困境。　⑭梦梦:昏乱、不明。　⑮克:能够。　⑯靡:没有。　⑰弗:不。　⑱皇:大。　⑲伊:是。　⑳盖:同"盍",何。　㉑宁:难道。　㉒具:都。　㉓局:弯曲。　㉔蹐(jí):走小碎步,后脚尖紧跟着前脚跟。　㉕伦:道理。　㉖脊:条理。　㉗虺蜴(huǐ yì):指毒蛇和蜥蜴,引申为害人者。　㉘阪(bǎn)田:山坡上的田。　㉙菀:草木茂盛

的样子。　㉚杌（wù）：折磨。　㉛仇仇：傲慢的样子。㉜力：役使。　㉝胡然：为什么这样。　㉞燎：烧。　㉟辅：古代夹在车轮外旁的直木，每轮二木，用以增加车轮载重支力。㊱输：堕。　㊲将（qiāng）：请。　㊳员（yùn）：增加。㊴曾：竟然。　㊵炤（zhāo）：同"昭"，明显。　㊶云：周旋。㊷殷殷：伤的样子。　㊸仳（cǐ）仳：渺小。　㊹蔌（sù）蔌：猥琐丑陋的样子。　㊺哿（kě）：同"嘉"，美善。

【翻译】

　　四月降霜，我心忧伤。民间谣言，来势汹汹。想我独自一人，忧心不已。可怜我担惊受怕，忧愁致疾。父母生下我，为何使我受折磨？苦难没来在我之前，苦难没来在我之后。良言出自口，恶言亦自口。忧愁更重，因此更受到欺辱。忧思无限，想我无福禄。百姓本无罪，一起成为奴仆。可怜我这个人，从哪儿获福禄？看到乌鸦栖息，是在谁家的屋子？看那树林，树木只可烧火作柴。百姓处于困境中，看天昏乱不明。既然能够平乱，无人不能取胜。有君主高高在上，谁会憎恨他？为何说山很低矮？它本是高峰峻岭。民间谣言，没人能惩罚。召集那些老者，请他占卜解梦。都说自己很圣明，谁能辨别乌鸦是雌是雄？说天为何这样高？不敢不弯腰。问地为何这样厚，不敢不走小碎步。高声呼叫这些话，有条理有道理。可怜当今之日，为何个个成为害人者？看那坡上田，禾苗茂盛。上天折磨我，如果不能打败我，他们便招求我，唯恐得不到我。得到我后又傲慢待我，也不任用我。心里忧伤，好似打结。今日政事，为何这样暴虐？火烧得正旺，谁能熄灭它。赫赫西周，褒姒灭掉了它！

心久忧伤，又遇阴雨连绵。车已载满，就抛弃了你的辅木。抛落载上的货物，请来长兄帮忙。不要丢弃你的辅木，增加车子的辐条。屡次回看你的奴仆，不丢掉那满载的货物。终于越过险地，竟然不以为意。鱼在池中亦不得快乐。虽然深潜在水中，依然清晰可见。忧心凄凄，想到国家多虐政。他有美酒有佳肴。四邻融洽，婚姻美满。想到我独自一人，心中倍感忧伤。渺小的他有房屋，丑陋的他有粮食。今日百姓却没福禄，上天不断摧残他。富贵人家多欢乐，可怜我独自孤独！

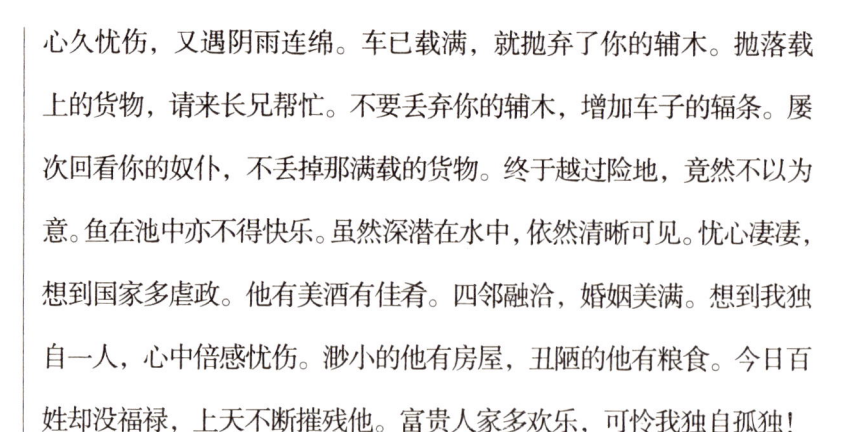

【点评】

这是一首失意的士大夫写的政治怨刺诗。

国家倾颓之际，总是主上糊涂不知，无动于衷，却总有怀着赤子之心的有识之士看清现实而无能为力。诗歌的主人公具有一定的名气和见识，所以统治阶层希望能够把他拉拢到自己的阵营中，可是正直的诗人无法与他们同流合污，因此被排挤、打击。怀着满腔抱负却不得施展，诗人心中无限感伤。

诗人看到：国家渐趋衰败，人心惶惶，谣言四起，只能靠占卜来求心安。贤人在野，小人当道；卑劣小人相互勾结，吃喝玩乐，生活奢靡，百姓却食不果腹，衣不蔽体。生活的不公与苦难使主人公甚至对生下他的父母产生怨恨，怨恨他们使自己承受这无法承受的痛苦。

名师指津

诗人对黑暗现实进行抨击，抒发了自己的不满、悲愤和无可奈何的忧伤。

十月之交[①]

十月之交，朔月[②]辛卯[③]。日有食之，亦孔[④]之丑[⑤]。

彼月而微⑥，此日而微；今此下民，亦孔之哀。

日月告凶，不用其行⑦。四国无政，不用其良。

彼月而食，则维其常；此日而食，于何不臧⑧。

烨烨⑨震电，不宁不令⑩。百川沸腾，山冢⑪崒⑫崩。

高岸为谷，深谷为陵。哀今之人，胡憯⑬莫惩？

皇父卿士，番维司徒，家伯⑭维宰，仲允膳夫，

棸子内史，蹶维趣马⑮，楀维师氏。艳妻煽方处。

抑此皇父，岂曰不时？胡为我作，不即我谋？

彻我墙屋，田卒污⑯莱⑰。曰予不戕⑱，礼则然矣。

皇父孔圣，作都于向。择三有事，亶⑲侯⑳多藏。

不慭㉑遗㉒一老，俾守我王。择有车马，以居徂向。

黾勉从事，不敢告劳。无罪无辜，谗口嚣嚣㉓。

下民之孽，匪降自天。噂㉔沓背憎，职㉕竞由人。

悠悠我里，亦孔之痗㉖。四方有羡，我独居忧。

民莫不逸，我独不敢休。天命不彻㉗，我不敢效我友自逸。

名师释疑

羡：余剩。

【注释】

①交：交替之际。　②朔月：阴历每月初一。　③辛卯：干支之一。　④孔：很。　⑤丑：指事物不好。　⑥微：不明。　⑦行：行列。　⑧臧：好。　⑨烨烨：明亮。　⑩令：善、好。　⑪冢：山顶。　⑫崒：碎的假借字。碎裂。　⑬憯（cǎn）：悲伤。　⑭家伯：人名。后文中"仲允""棸（zōu）子"同为人名。　⑮趣（cù）马：官名，掌管王马。　⑯污（wū）：

153

积水。 ⑰莱：田废生草。 ⑱戕：伤害。 ⑲亶（dǎn）：实在、确实。 ⑳侯：语助词。 ㉑愁（yìn）：愿意。 ㉒遗（wèi）：给予。 ㉓嚣（áo）嚣：众口谗毁的样子。 ㉔噂（zǔn）：众说纷纭。 ㉕职：主管。 ㉖痗（mèi）：忧伤成病。 ㉗彻：通、达。

【翻译】

十月初一辛卯日，天现日食，情况糟糕。日、月都无光。所有百姓无限悲痛。日、月警告凶象，不按常理运行。四方国家不行善政，不任用贤良人才。出现月食很平常，今日又现日食，一定有不好的事将要发生。雷电闪耀，天地不宁，百川沸腾，山石崩塌；高岸变低谷，低谷变高峰。可怜当今之民，为什么没有人去惩戒？皇父做卿士，番氏是司徒，家伯是冢宰，仲允做膳夫，聚子是内史，蹶氏做趣马，楀氏做师氏，与美艳妻妾共迷惑君主。叹息这皇父，难道真觉得是时运不佳？为何只让我服役，却不告诉我？拆毁我的墙屋，致使田地荒废。还说"没有伤害你，是礼制本来如此"。皇父很圣明，在向邑建都城。选择亲信做三卿，积累许多珍宝。不愿分给一元老，让他守卫我君王。选择车马，用来迁都去向邑。勉力做事，不敢说劳苦。无罪却被人诋毁。百姓所受之罪，并非天降。议论纷纭背面恨，罪责应由人承担。我心忧伤成疾。四方人富有，我却独自幽居。百姓无有不安逸，我却独自不敢休。天命不通达，我不敢效法我友独自安逸。

【点评】

《毛诗序》云："《十月之交》，大夫刺幽王也。"这是一

> **名师指津**
> 诗中对日食的记载，日期是周幽王六年，即公元前776年，被认为是世界上对日食的最早记录，被当作天文学史资料来研究。

首讽刺周幽王无道而导致灾异事件频繁发生的诗。

诗歌的第一、二、三章主要描写了日食等灾异现象：在十月初一的早上，太阳忽然不见了，天空一片黑暗，人心恐慌。继而电闪雷鸣，江河沸腾，山崩地裂，瞬时间高山变深谷，深谷变丘陵，读来令人惊心动魄。因为在古代，由于科技水平、认识水平有限，人们对一些自然现象无法解释，就认为是有鬼神操控，认为这是上天发怒对人世的警告和惩戒。所以诗人在第三章的最后一句中提出"哀今之人，胡憯莫惩"，承上启下，将天灾与人祸联系起来，引出下面部分对幽王的批评。

诗歌第四、五、六章，着重对统治阶级的批判。统治阶级在其位却不谋其政，选用自己的亲信成为朝中重臣，而那些有能力的人却得不到重用。那些上层人物搜刮民财，家境富裕，兴建房屋，强征百姓为他们服劳役，致使民怨沸腾。

最后两章，作者自陈自己的境况：自己尽心尽力，受苦受累，却无故受到谗言诽谤。看到别人家里很富裕，独独自己一人受穷，心里很不是滋味，内心忧伤，却不敢效仿别人贪图安逸，仍然勤勤勉勉。具有悲壮的色彩。

何草不黄

何草不黄？何日不行①？何人不将？经营四方。
何草不玄②？何人不矜③？哀我征夫，独为匪民。
匪兕④匪虎，率⑤彼旷野。哀我征夫，朝夕不暇。
有芃⑥者狐，率彼幽草。有栈之车⑦，行彼周道。

❀名师释疑❀

周道：大路。

诗经选译

【注释】

①行：出行，这里指出征。与后文中"将"同义。　②玄：黑色。　③矜：同"鳏"，没有妻子的男人。征夫离家，等于无妻。　④兕（sì）：野牛。　⑤率：沿着、顺着。　⑥芃（péng）：兽毛蓬松的样子。　⑦有栈之车：古代用竹木条横排编成车厢的轻便车子。

【翻译】

何处草儿不枯黄？何日不再用行军？何人可以不出征，来来往往走四方？何处草儿不发黑？何人不类似鳏夫？可怜了征夫，独独不能做平民。不是野牛不是虎，孤独走在旷野中。可怜了征夫，早晚不得有闲暇。狐狸毛蓬松，走在幽草间。轻便小竹车，走在大路上。

【点评】

这是一首征夫写的怨恨行役的诗歌。

诗歌以"何"接连发问，愤懑之情喷薄而出。征夫似乎是向统治者发问：哪儿的草儿不枯黄，哪里不用行军，谁可以不出征……作者愤怒："哀我征夫，独为匪民。"自己承担着一般人不愿意承担的劳役，奔走于四方，像虎和兕一样行走于旷野，像狐狸一样出没于草丛，却没有受到应有的礼遇。相反，那些什么都不干的人却养尊处优，乘坐着车行于大道。强烈的对比，令征夫的心里深感不公。

在社会中，可怕的并不是受穷、不发达，最让人不能容忍的是不公平。

文王①

文王在上，於②昭③于天。周虽旧邦④，其命⑤维新⑥。
有⑦周不⑧显，帝命⑨不时⑩。文王陟降，在帝左右⑪。
亹亹⑫文王，令闻⑬不已⑭。陈⑮锡⑯哉⑰周⑱，侯⑲文王孙子⑳。
文王孙子，本支㉑百世，凡周之士㉒，不显亦世㉓。
世之不显，厥㉔犹㉕翼翼㉖。思㉗皇㉘多士，生此王国。
王国克㉙生，维周之桢㉚。济济㉛多士，文王以宁。
穆穆㉜文王，於缉熙㉝敬止㉞。假㉟哉天命，有㊱商孙子。
商之孙子，其丽㊲不㊳亿㊴。上帝既命，侯于周服㊵。
侯服于周，天命靡常㊶。殷士㊷肤敏㊸，祼将㊹于㊺京。
厥作祼将，常服黼㊻冔㊼。王㊽之荩臣㊾，无念尔祖。
无念尔祖，聿㊿修厥德。永言㉛配命㉜，自求多福。
殷之未丧师㉝，克配上帝。宜鉴㉞于殷，骏命㉟不易。
命之不易，无遏㊱尔躬㊲。宣昭㊳义问㊴，有㊵虞㊶殷自天。
上天之载㊷，无声无臭㊸。仪刑㊹文王，万邦作孚㊺。

> **名师释疑**
> 陟降：上行曰陟，下行曰降，即升降。

【注释】

①文王：姬姓，名昌，周王朝的缔造者。　②於（wū）：感叹赞美词。　③昭：光明。　④旧邦：邦，犹"国"，旧国。周立国从尧舜时代的后稷算起，所以可以称为旧国。　⑤命：天命。　⑥新：指国家气象更新。　⑦有：词头，无义。　⑧不（pī）：同"丕"，大。　⑨帝命：指上帝命令周文王

诗经选译

为天子。 ⑩时：美好。 ⑪左右：身边。 ⑫亹（wěi）亹：勤勉不知道疲倦的样子。 ⑬令闻：美好的名声。 ⑭已：停止。 ⑮陈：重复、一再的意思。 ⑯锡：同"赐"，赐予。 ⑰哉：同"载"，造义。 ⑱造周：即创造、建设周朝。 ⑲侯：乃。 ⑳孙子：子孙。 ㉑本支：以树木的根干和枝叶比喻文王子孙繁衍兴盛。 ㉒士：这里指统治周朝享受世禄的公侯卿士百官。 ㉓亦世：累世，即世世代代。 ㉔厥：其。 ㉕犹：计划、谋划。 ㉖翼翼：恭谨勤勉貌。 ㉗思：句首语气词。 ㉘皇：美好众多。 ㉙克：能。 ㉚桢（zhēn）：干、骨干。 ㉛济济：众多、整齐、美好、庄敬。 ㉜穆穆：指态度庄重恭敬。 ㉝缉熙：形容文王品德光明。 ㉞敬止：敬之，严肃谨慎。 ㉟假：大。 ㊱有：得有。 ㊲丽：数。 ㊳不：语助词。 ㊴亿：周制十万为亿，这里只是概数，极言其多。 ㊵周服：服于周。 ㊶靡常：无常。 ㊷殷士：归降的殷商贵族。 ㊸肤敏：壮美敏捷，这里指敏捷地陈序礼器。 ㊹祼将：即将祼。将，举行。祼（guàn），即灌祭，古代一种祭礼，在神主前面铺白茅，把酒浇茅上，像神在饮酒。 ㊺于：往。 ㊻黼（fǔ）：殷商时期礼服，有白黑相间花纹的衣服。 ㊼冔（xǔ）：殷商时期礼帽。 ㊽王：周成王。 ㊾荩臣：忠臣。 ㊿聿：遵循，继承。 ㊴言：语气助词。 ㊵配命：配合天命。 ㊳丧师：失去民心。师，指百姓。 ㊴鉴：借鉴。 ㊵骏命：大命，也即天命。骏，大。 ㊶遏：停止、断绝。 ㊷尔躬：你的身上。 ㊸宣昭：宣扬声明。 ㊹义问：美好的名誉。义，善，美好。问，同"闻"，名声。 ㊶有：又。 ㊷虞：

借鉴，观察。　㉖载：行事。　㉗臭（xiù）：气息。　㉘仪刑：效法。刑，同"型"，模范，仪法，模式。　㉙孚：信服。

【翻译】

文王的神明在天上，在天上啊放光芒。岐周虽是旧邦国，接受天命新气象。周朝光辉放万丈，上帝命令真美好。文王神灵升天庭，将在上帝的左右。周文王勤勤恳恳，美好名誉不停止。上帝赐他建周朝，文王子孙繁衍盛。文王子孙都繁衍，百世昌盛又兴旺。周朝爵禄士大夫，世世代代显尊贵。世代都光尊荣显，筹划都深谋远虑。贤良的才士众多，此生有幸在周朝。王国能出众贤才，这是周邦的福气。积极人才在一堂，文王安宁国强大。周文王庄重恭敬，品德光明又谨慎。上帝意志多伟大，殷商子孙来归降。殷商子孙人众多，数字上亿难估量。上帝已经下命令，臣服周朝顺天命。臣服周朝顺天命，可见天命并无常。殷商贵族行动敏，来京助祭陪文王。看他助祭行灌礼，身穿礼服头戴帽。效忠成王的忠臣，牢记祖德不要忘。牢记祖德不要忘，继承祖德不要忘。长久地配合天命，自身努力才得福。殷商未失民心时，能够与天意相称。应以殷商未鉴，国运永远不改变。国运永远不改变，切勿断送你身上。宣扬广大好名声，要知殷鉴是天降。上天行事难猜测，无声无息真缥缈。效法文王好榜样，天下诸国都信服。

名师释疑

繁衍：这里指生育下一代。

【点评】

这首诗是《大雅》的首篇，歌颂周王朝的奠基者文王姬昌。

歌颂文王，是《雅》《颂》的基本主题之一。这是因为文王

名师指津

朱熹等人认为此诗创作在西周初年，诗人是周公。

是周人崇敬的祖先，周王国的缔造者。姬昌五十年的艰苦奋斗，使僻处于西北的一个农业小国，逐渐发展为与殷商王朝抗衡的新兴强国，他奠定了新王朝的基础；他又是联合被侵略被压迫的各部族，反抗殷商王朝暴虐统治的政治联盟的领袖；他采取比较开明的政策，以代天行道、反对暴政实行"仁德"为旗帜，与当时反对暴虐统治与奴隶要求解放的时代潮流相吻合，因而得到各侯国的拥护。他死后三年，武王继承他的遗志，运用他组织的力量，抬着他的木主伐商，一战成功，推翻了殷商政权，建立了开明的周王朝。文王是当之无愧的周王国国父。

本诗的内容表达了重大的政治主题，对西周统治阶级具有现实的和长远的重要政治意义。

全诗七章，每章八句。第一章言文王得天命兴国，建立新王朝是天帝意旨；第二章言文王兴国福泽子孙宗亲，子孙百代得享福禄荣耀；第三章言王朝人才众多得以世代继承传统；第四章言因德行而承天命兴周代殷，天命所系，殷人臣服；第五章言天命无常，曾拥有天下的殷商贵族已成为服役者；第六章言以殷为鉴，敬天修德，才能天命不变，永保多福；第七章言效法文王的德行和勤勉，就可以得天福佑，长治久安。

很明显，贯穿全诗始终的是从殷商继承下来，又经过重大改造的天命论思想。天命论本来是殷商统治者的政治哲学，即"君权神授"，统治者的权力是天帝赐予的，奉行天的旨意实行在人间的统治，统治者所做的一切都是天意，天意永远不会改变。周王朝推翻殷商的统治，也借用天命，作为自己建立统治的理论根据，而吸取殷商亡国的经验教训，提出"天命无常"，上天只选择有德的人来统治天下，统治者失德，便会被革去天命，而另以有德者来代替，文王就是以德而代殷兴周的。所以，文王的子孙要以殷为鉴，敬畏上帝，效法文王的德行，才能永保天命。这是本诗的中心思想。

全诗七章，每章八句，五十六句中除三句五言外，均为四言，章句结构整齐。每章换韵，韵律和谐。最突出之处，是诗中成功地运用了连珠顶真的修辞技巧：前章与后章的词句相连锁，后章的起句承接前章的末句，或全句相重，或后半句相重，这样，语句蝉联，诗义贯串，宛如一体。

大　明

明明①在下，赫赫②在上。天难忱③斯④，不易维王。天位殷適⑤，使不挟⑥四方⑦。

挚仲氏任⑧，自彼殷商，来嫁于周，曰⑨嫔⑩于京。乃及王季⑪，维德之行。

大任⑫有身⑬，生此文王。维此文王，小心翼翼⑭。

昭⑮事上帝，聿⑯怀⑰多福。厥⑱德不回⑲，以受方国⑳。

天监㉑在下㉒，有㉓命㉔既集。文王初载㉕，天作之合。在洽㉖之阳㉗，在渭㉘之涘㉙。

文王嘉止㉚，大邦㉛有子㉜。大邦有子，伣㉝天之妹㉞。

文定㉟厥祥，亲迎于渭。造舟为梁㊱，不显其光。

有命㊲自天，命此文王，于周于京㊳。

缵㊴女维莘㊵，长子㊶维行，笃㊷生武王。保右㊸命㊹尔㊺，燮㊻伐大商。

殷商之旅㊽,其会㊼如林。矢㊾于牧野㊿:"维㊀予㊁侯㊂兴,上帝临㊃女㊄,无㊅贰㊆尔心"。

牧野洋洋㊇,檀车㊈煌煌㊉,驷㊊騵㊋彭彭㊌。

维师㊍尚父㊎,时维鹰扬。凉㊏彼武王,肆伐大商,会朝㊐清明。

> **名师释疑**
> 鹰扬:如同飞鹰一样英勇,这里形容姜太公率兵勇猛。

【注释】

①明明:光彩闪烁的样子。　②赫赫:显赫盛大貌,显著貌。　③忱:信任,相信。常于涉及天命、天意时用之。　④斯:语气助词。　⑤殷适:指商纣王。适,同"嫡",即嫡子。　⑥挟:拥有。　⑦四方:天下。　⑧挚仲氏任:挚国任家二姑娘。挚,古诸侯国名,在今河南汝南一带。仲氏,次女。　⑨曰:句首发语词。　⑩嫔:嫁。　⑪王季:文王的父亲,因排行第三,所以称作季。　⑫大任:即太任。　⑬有身:指怀孕。　⑭翼翼:恭敬谨慎的样子。　⑮昭:明显,显著。　⑯聿:助词,用于句首或句中。　⑰怀:招来。　⑱厥:同"其",他、他的。　⑲回:邪,邪僻。　⑳方国:商代、周初对周围诸侯国的称呼。　㉑监:观察。　㉒在下:指周王朝。　㉓有:句首发语词。　㉔命:天命。　㉕初载:指文王即位的开始。　㉖洽(hé):水名,源出陕西合阳县,东南流入黄河。　㉗阳:河的北面。　㉘渭:水名,黄河最大的支流,源于甘肃渭源县,经陕西,于潼关流入黄河。　㉙涘(sì):水边。　㉚嘉止:嘉礼,即指美好的婚礼。　㉛大邦:指殷商。　㉜子:指未出嫁的女子。传说商纣王的父亲把自己的妹妹嫁给文王。　㉝伣(qiàn):如同,好比。　㉞天之妹:天

上的美女。　㉟文定：指订婚。　㊱梁：桥梁，这里指造舟连成浮桥。　㊲有命：指天命。　㊳京：指周的京都。　㊴缵：继承。　㊵莘（shēn）：莘国，古代国名，在今陕西合阳县一带。姒姓。　㊶长子：即长女，指太姒。　㊷笃：语气助词。㊸保右：即“保佑”。　㊹命：命令。　㊺尔：犹“之”，指武王姬发。　㊻燮：和顺，协和，调和。　㊼旅：泛指军队。㊽会（kuài）：借作“旝”，军旗。　㊾矢：同“誓”，誓师。㊿牧野：地名，在今河南淇县一带。　(51)予：我，我们，指周王朝。　(52)侯：乃，才。　(53)临：监视。　(54)女：同“汝”，你们，这里指誓师的军士。　(55)无：即勿。　(56)贰：同“二”。　(57)洋洋：广远无涯的样子。　(58)檀车：用檀木造的兵车。　(59)煌煌：显耀，盛美。　(60)驷：古代通常是一车套四马，因此称驾一车之四马或四马所驾之车。这里指马。(61)騵：赤身白腹的马。　(62)彭彭：盛多的样子。　(63)师：官名，又称太师。　(64)尚父：指姜太公。辅佐文王、武王灭纣。　(65)凉：辅佐。　(66)会朝：黎明。

【翻译】

文王光辉照人间，光彩德行显上天。天命难测又难信，国王也是不易当。上帝授纣王天下，却又让他失天下。挚国二姑娘太任，来自遥远的殷商。远嫁到周朝，来到京都做新娘。太任和王季配合，推行德政好名声。太任怀孕，生下文王。这个英明的文王，恭敬谨慎又谦让。懂得如何侍上帝，带来福分真是多。文王品德不邪僻，各国归附民高兴。上帝观察周王朝，天命已经授文王。文王

名师释疑

誓师：是指出征前统帅向战士宣布作战意义，表示决心的意思，也泛指在群众集会庄严地表示决心。

享国初年，上天就给他新娘。新娘在洽水北边，即是渭水的水边。文王筹办美好婚礼，殷商有位好姑娘。殷商有位好姑娘，好比天上的仙女。订婚仪式真吉祥，文王亲迎到渭水。造船相连成桥梁，婚礼隆重真辉煌。上帝下达命令于文王，在周的京师建家邦。莘国有位好姑娘，作为长女嫁周朝。婚后生下周武王。上天保佑周武王，协同武王伐殷商。殷商出动的军队，军旗如树林般茂密。武王在牧野誓师，说"只有我们才能兴周，上帝监视着你们，不要心怀二意要忠诚"。牧野战场广阔无涯，檀木战车显耀辉煌。四头大马威武雄壮。三军统帅师尚父，作战雄鹰般激昂。他辅佐武王伐纣，指挥三军击殷商。一朝开创新气象。

【点评】

这是一首具有史诗性质的颂诗，是周王朝贵族为歌颂自己祖先的功德、为宣扬自己王朝的开国历史而作。

全诗共分八章，每章六到八句，形式比较整齐。

第一章共六句，主要说天命难测，上帝授予商纣王天下，但是又夺取了商的天下。文王因为德行普照四海，所以神灵显赫在天。第二章共六句，简单描写挚国姑娘太任嫁给王季。第三章共八句，描写太任生下文王，文王小心谨慎又善良，德行美好得到了上帝的喜欢，所以各国都来归附。第四章共六句，说文王拥有天下，上天又赐给他莘国的姑娘太姒做新娘。第五章共八句，写文王又迎娶了殷商的好姑娘，把木船连接起来当桥梁，这个婚礼隆重又辉煌。第六章共八句，写莘国的姑娘生下了武王，上帝保佑武王，让他出兵伐殷商。第七章共六句，写武王讨伐前的誓师。第八章共八句，写战场上的紧张激烈气氛，又写姜太公英勇作战辅助武王。全诗时序井然，层次分明，是王季、文王、武王三代的发展史。

诗篇以“天命所佑”为中心思想，以王季、文王、武王三代相继为基本线索，集中突现了周部族这三代祖先的盛德。其中，武王灭商，是此诗最集中、最突出的重大历史事件，写王季、太任、文王、太姒，是说明周家奕世积功累仁，天命所佑。因此，武王才克商代殷而立天下。

绵

绵绵①瓜瓞②。民③之初生，自④土⑤沮漆。古公亶父⑥，陶⑦复⑧陶穴，未有室家⑨。

古公亶父，来朝⑩走马⑪。率⑫西⑬水浒⑭，至于岐⑮下。爰⑯及姜女⑰，聿⑱来胥⑲宇⑳。

周原膴膴㉑，堇㉒荼㉓如饴㉔。爰㉕始㉖爰谋，爰契㉗我龟㉘。曰㉙止㉚曰时，筑室于兹㉛。

廼㉜慰㉝廼止，廼左㉞廼右。廼疆㉟廼理㊱，廼宣㊲廼亩㊳。自西徂东，周㊴爰执事㊵。

乃召司空㊶，乃召司徒㊷，俾㊸立㊹室家。其绳㊺则直，缩㊻版㊼以载，作庙翼翼㊽。

捄㊾之陾陾㊿，度(51)之薨薨(52)。筑(53)之登登(54)，削屡(55)冯冯(56)。百堵(57)皆兴，鼛鼓(58)弗胜。

廼立皋门(59)，皋门有伉(60)。廼立应门(61)，应门将将(62)。廼立冢土(63)，

名师释疑

载：同“栽”，这里指树立。

名师释疑

御侮：抵御外侵之臣。

戎丑㉞攸㉟行。

肆㊻不殄㊼厥㊽愠㊾，亦不陨㊿厥问㊹。柞棫拔㊲矣，行道兑㊳矣。混夷㊴駾㊵矣，维其㊶喙㊷矣。

虞㊸芮㊹质㊺厥成㊻，文王蹶㊼厥生㊽。予㊾曰㊿有疏附㊹，予曰有先后㊲，予曰有奔奏㊳，予曰有<u>御侮</u>。

【注释】

①绵绵：连绵不断。　②瓞（dié）：指小瓜。　③民：指周民。　④自：从。　⑤土：水名。后文中的"漆"同为水名。周时在豳地。　⑥古公亶（dǎn）父：周太王，文王的祖父，先是居住在豳地，后迁居到岐山下，定国号是周。古公，号。　⑦陶：即掏。　⑧复：指窑洞，后文中"穴"同义。　⑨室家：指宫室，居住的房屋。　⑩来朝：第二天早晨。朝，早晨。　⑪走马：即"趣马"，指快马奔驰。　⑫率：沿着。　⑬西：豳地的西边。　⑭浒：水边。　⑮岐：指岐山之下，岐山在今陕西省岐山县东北。　⑯爰：乃。　⑰姜女：古公亶父的妻子，姓姜。　⑱聿：句首发语词。　⑲胥：看。　⑳宇：房屋、居处。"胥宇"犹言"相宅"，就是考察地势，选择建筑宫室的地址。　㉑膴（wǔ）膴：膏腴，肥沃。　㉒堇（jǐn）：植物名，野生，可以吃，味苦。　㉓荼：苦菜。　㉔饴（yí）：用米芽或麦芽熬成的糖浆。这里说即使是苦菜吃起来也很甜，旨在说明周原土壤肥沃。　㉕爰：于是。　㉖始：与谋同义，都是谋划、计划的意思。　㉗契：刻。　㉘龟：指占卜所用的龟甲。龟甲先要钻孔，然后用火烧灼，看龟甲上的裂纹来判断

吉凶。占卜的结果用文字简单记述，刻在甲上。契或指凿龟，也可能指刻记卜言。 ㉙曰：句首发语词。 ㉚止：居住的意思。这里指占卜的结果。后“时”同义。 ㉛兹：这里。 ㉜迺：乃。 ㉝慰：定居，止息。 ㉞左：指划定居住地区的左右边界。 ㉟疆：田界，田边。这里用作动词，指划定田界。 ㊱理：治理土地。 ㊲宣：疏通，疏导。这里指疏通土地。 ㊳亩：田垄，田中高处。这里指筑田垄。 ㊴周：普遍。 ㊵执事：从事农事。 ㊶司空：官名，相传少昊时所置，周为六卿之一，掌管工程。 ㊷司徒：官名，相传少昊始置，唐虞因之。周时为六卿之一，掌管国家的土地和人民的教化。 ㊸俾：使。 ㊹立：建筑。 ㊺绳：木工用以测定直线的墨线。 ㊻缩：束。 ㊼版：筑墙用以夹土的板。 ㊽翼翼：庄严雄伟貌。 ㊾捄(jiū)：盛土于器。 ㊿陾(réng)陾：众多的样子。 (51)度(duó)：投，指投土到器中。 (52)薨薨：象声词，也用来摹拟其他各种声音，如填土声、雷声、鼓声、水声等。这里是摹拟土声。 (53)筑：捣土使墙更为结实。 (54)登登：象声词，指敲击声。 (55)屡：古“娄”字，指隆高。削屡是说将墙土隆高的地方削平。 (56)冯(píng)冯：削土声。 (57)堵：墙面。 (58)鼛(gāo)鼓：古代用于役事的鼓，长一丈二尺。劳动时敲鼛鼓是为了给劳动者助兴并激励他们劳动。这里指人们的劳动声鼎沸，连鼛鼓的声音都听不到了。 (59)皋门：王城的城门。 (60)伉：形容城门高大的样子。 (61)应门：指王宫的正门。 (62)将将：庄重严肃的样子。 (63)冢土：大社，天子祭神的地方。 (64)戎丑：指大众。 (65)攸：语助词。 (66)肆：故、所以。 (67)殄

(tiǎn)：杜绝。　㊻厥：指狁人。　㊽愠：怒。　⑰陨(yǔn)：丧失。　㉛问：名声。　㊲拔：剔除干净。　㊳兑：指道路通达。　㊴混夷：古种族名，西戎之一种，又作昆夷、串夷、畎(quǎn)夷、犬夷，也就是犬戎。　㊵骏(tuì)：逃走。　㊶维其：多么。　㊷喙：疲困，喘气，喘息。　㊸虞：古国名，故虞城在今山西省平陆县东北。　㊹芮(ruì)：故芮城在今陕西省朝邑县南。　㊺质：评断。　㊻成：指虞芮两国平息争论，互相接好。相传虞芮两国国君争田，久而不定，到周求周文王平断。入境后被周人礼让之风所感，他们自动地相让起来，结果是将他们所争的田作为闲田，彼此都不要了。　㊼蹶(guì)：感动，感召。　㊽生：指"性"，即礼让的天性。　㊾予：周人自称。　㊿曰：语气助词。　㉛疏附：宣布德泽使百姓亲附的臣子。　㉜先后：王前后辅佐的臣子。　㉝奔奏：奔走效力的臣子。

【翻译】

　　连绵不绝的大瓜小瓜。周朝百姓初兴旺，是从土水到漆水旁。太公古公亶父，挖山洞打地洞遮风挡雨，没有宫室房屋来居住。古公亶父，第二天清晨快马离开。沿着豳地水边走，来到岐山下。他和妻子姜氏，选择地址建宫室。周朝平原肥沃广阔，堇荼苦菜像糖一样甜。大家商量谋划着，占卜刻龟望神助。占卜结果说可居，建屋在此最吉祥。于是安心住在岐山下，划定居地左右界。划定田地治理土地，疏通田地构筑田垄。在周原的西到东，大家都在做农活。招来司空管理工程，招来司徒管理人和地，他们带领工人建房屋。建房的墨线长又直，竖起夹板来建筑房屋，建成的宗庙庄严雄伟。铲土陾陾扔进筐，倒土进筐声轰轰，捣土筑墙噔噔响，削平墙来冯冯响。众多土墙一起筑，人声鼎沸压倒鼓。建起王城外的城门，城门高大威武。建起王宫大门，大门庄重严肃。建立祭神的坛位，大众祈祷排成排。狄人的怒气虽然没有消除，但是不损害文王的声誉。柞棫被拔开辟出道路，交通要道无阻挡。狄人仓皇逃出，气喘吁吁很狼狈。虞芮不争接为好，文王感化改变了他们的礼让天性。我有人才来归附，我有人才辅佐天王，我有人才奔走效力，我有人才抵御外辱。

【点评】

这是周人记述其祖先古公亶父和文王事迹的诗。周民族的强大始于文王姬昌时，而基础的奠定始于古公亶父。

全诗共分九章，每章六句。结构严谨整齐。第一章写周族人民初始时期的艰苦。古公亶父在豳地创业初期，没有宫室居住，只能挖洞造穴。第二章写古公亶父被狄人逼迫，无奈从豳地搬到岐山下，岐山土地广阔，他与妻子奋斗建房。第三章写周原的土地肥沃宽广，大家商量占卜定居在岐山并建房的事情。第四章写占卜的结果是吉利的，所以周人安心住在岐山下开垦土地，松动土壤，男女老少一起动。第五、六章描写了建房的热闹施工场面。运用了一系列的拟声词，形象地烘托出了劳作气氛，并使诗歌节奏加快，适应诗歌内容。第七章写制作城门、宫门以及祭坛。八、九章写文王事迹。第八章写文王疏通要道，攻打狄人，狄人狼狈逃走。第九章写在文王的感化下，虞芮两国放下争端、互结为好。最后用四个排比句写文王朝廷人才济济。

皇①矣

皇矣上帝，临②下有赫③。监观四方④，求民之莫⑤。
维此二国⑥，其政不获⑦。维彼四国，爰⑧究⑨爰度。
上帝耆⑩之，憎⑪其式⑫廓⑬。乃眷⑭西顾⑮，此⑯维与宅⑰。
作⑱之屏⑲之，其菑⑳其翳㉑。修㉒之平㉓之，其灌㉔其栵㉕。
启㉖之辟之，其柽㉗其椐㉘。攘㉙之剔㉚之，其檿㉛其柘㉜。
帝㉝迁㉞**明德**，串夷㉟载㊱路㊲。天㊳立厥㊴配㊵，受命既固㊶。
帝省㊷其山㊸，柞棫㊹斯拔㊺，松柏斯兑㊻。帝作㊼邦㊽作对，自大伯㊾王季。
维此王季，因心㊿则友(51)。则友其兄，则笃(52)其庆(53)，载锡(54)之光。
受禄无丧(55)，奄(56)有四方。维此王季，帝度(57)其心，貊(58)其德音。
其德克明(59)，克明克类(60)，克长(61)克君(62)。王(63)此大邦，克顺(64)克比(65)。
比于文王，其德靡(66)悔(67)。既(68)受帝祉，施于孙子(69)。
帝谓文王：无然畔援(70)，无然歆羡(71)，诞(72)先登于岸(73)。密(74)人不恭，敢距(75)大邦，侵阮(76)徂(77)共(78)。王赫(79)斯怒，爰整其旅，以按(80)徂旅。以笃(81)于周祜(82)，以对于(83)天下。
依其(84)在京，侵自阮疆。陟(85)我高冈，无矢(86)我陵。我陵(87)我阿，无饮我泉，我泉我池。度(88)其鲜(89)原(90)，居岐之阳(91)，在渭之将(92)。万邦之方(93)，下民之王。
帝谓文王：予怀明德，不大声以色，不长夏以革(94)。不识不知，顺(95)帝之则(96)。
帝谓文王：询(97)尔仇方(98)，同(99)尔弟兄(100)。以尔钩援(101)，与尔临

◆名师释疑◆

明德：道德显耀的人，这里指周太王古公亶父。

170

冲[102]，以伐崇[103]墉[104]。

临冲闲闲[105]，崇墉言言。执讯[106]连连[107]，攸[108]馘[109]安安。是类[110]是祃[111]，是致[112]是附[113]，四方以无侮。临冲茀茀[114]，崇墉仡仡[115]。是伐是肆[116]，是绝是忽[117]，四方以无拂[118]。

【注释】

①皇：英明高大。　②临：监视、观察。　③赫：显著、明亮。　④四方：四境之内，指天下。　⑤莫：同"瘼"，疾苦。　⑥二国：指周前的夏、商两国，周人常以夏、商的盛衰作为行政借鉴。　⑦不获：指没有得到民心。　⑧爰：于是、就。　⑨究：研究、谋划。后文中"度"同义。　⑩耆：同"稽"，稽查、考察。　⑪憎：同"增"，增加。　⑫式：语气助词，无实意。　⑬廓：轮廓，这里指领土规模。　⑭眷：眷恋、想着。　⑮西顾：回头向西看。西，指岐周之地。　⑯此：指周王。　⑰与宅：一同居住。　⑱作：同"斫"，砍伐树木。　⑲屏：除去。　⑳菑（zī）：直立未倒的枯木。　㉑翳（yì）：同"殪"，指死而倒地的树木。　㉒修：修剪。　㉓平：铲平、治理。　㉔灌：丛生的树木。　㉕栵（lì）：成行生的小树。　㉖启：开发、开辟。后文中"辟"同义。　㉗柽（chēng）：木名，俗名西河柳。　㉘椐（jū）：木名，俗名灵寿木。　㉙攘：排除。　㉚剔：剔除。　㉛檿（yǎn）：木名，俗名山桑。　㉜柘（zhè）：木名，俗名黄桑。　㉝帝：指上帝。　㉞迁：迁就，这里指保佑。　㉟串夷：即昆夷，也就是少数民族犬戎。　㊱载：则。　㊲路：借作"露"，败。周太王时周民族居豳地，因犬戎侵扰，被迫迁到岐山下，后来周太王奋发图强，

打败了犬戎。㊳天：指天帝。㊴厥：其，这里指周政权。㊵配：配天。㊶固：巩固，这里指周政权牢固。㊷省（xǐng）：察看。㊸山：指岐山，在今陕西省。㊹柞棫：两种树名。㊺拔：拔除，去除。㊻兑：直立，形容树木长势旺盛。㊼作：建立。㊽邦：国家。㊾大伯：即周太伯。据记载，太王（古公亶父）有三子：太伯、虞仲和季历，太王想把王位传给三子季历，太伯、虞仲为了不让父亲为难便逃到了南方。季历继位后，称为王季，王季的儿子姬昌便是周文王。㊿因心：指季历明白父亲太王（古公亶父）心思，听从父亲的要求，继承王位。(51)友：友爱兄弟。(52)笃：厚益，增益。(53)庆：福庆。(54)锡：同“赐”。(55)无丧：没有丧失。(56)奄：全部。(57)度：法度，这里名词作动词，使……合于法度。(58)貊：同“漠”，广大。(59)克明：能明辨是非。(60)类：明辨善恶。(61)长：兄长，这里名词作动词，当兄长。(62)君：君主，这里名词作动词，当君主。(63)王（wàng）：作动词，统治。(64)顺：和顺，作动词，指使百姓和顺。(65)比：团结，作动词，指使百姓团结。(66)靡：没有。(67)悔：同“晦”，昏暗。(68)既：已经。(69)孙子：指子孙。(70)畔援：专横跋扈。(71)歆羡：非分的希望和企图。(72)诞：句首发语词，无实意。(73)先登于岸：比喻占据有利形势。(74)密：古国名，在今甘肃。(75)距：抵抗。(76)阮：古国名，在今甘肃。(77)徂：往，至。(78)共（gōng）：古国名。阮、共，都是周之属国。(79)赫：勃然大怒。后文中“怒”同义。(80)按：遏止。(81)笃：巩固。(82)祜：福祉。(83)对于：

名师指津

古人认为天子是受天帝的指派而统领人间的，所以常用“配天”来指代享有天下。

安于，使天下安定。 ⑧依其：即依依，原指草木茂盛的样子，这里引申为形容军队的强盛。 ⑧陟：登上。 ⑧矢：借作"施"，陈设，此指陈兵。 ⑧陵：山陵。后文中的"阿"同义。 ⑧度：谋划。 ⑧鲜（xiǎn）：犹"巘"，小山。 ⑨原：平原。 ⑨阳：在古代，山之南水之北，被称为"阳"。 ⑨将：旁边。 ⑨方：榜样。 ⑨革：变革。 ⑨顺：顺应。 ⑨则：法则。 ⑨询：询问，商量意见。 ⑨仇方：同盟国。 ⑨同：团结。 ⑩弟兄：同姓诸侯国。 ⑩钩援：古代攻城的兵器。 ⑩临冲：两种军车名。临车上有望楼，用以瞭望敌人，也可居高临下地攻城。冲车则从墙下直冲城墙。 ⑩崇：古国名，在今陕西。殷末崇侯虎即崇国国君。 ⑩墉：城墙。 ⑩闲闲：指欢快地说话。后文中"言言"同义。 ⑩讯：同"奚"，俘虏。 ⑩连连：接连不断的样子。 ⑩攸：所。 ⑩馘（guó）：古代战争时将割下败兵的左耳以计数献功。 ⑩类：同"禷"，出征时祭天。 ⑪祃（mà）：古代在军队驻地举行的祭礼。 ⑫致：招致敌人投降。 ⑬附：让敌人附属自己。 ⑭茀茀：强盛的样子。 ⑮仡（yì）仡：城墙高耸的样子。 ⑯肆：攻击。 ⑰忽：与绝同，均是灭绝的意思。 ⑱拂：违抗、违背。

【翻译】

英明高大的上帝，观察天下眼明亮。监察天下四方之地，探求民间百姓疾苦。想起夏周两国衰败，原因就在失民心。想到天下的诸侯国，于是仔细思索谋划。上帝考察周王功绩，增加周朝领土疆域。满心眷恋向西望，岐周之地赐周朝。砍掉杂树除去杂草，挪走死而倒地的枯树。修剪治理枝和叶，灌木丛丛枝权茂盛。开辟道路开土地,除去柽木椐木路平坦。拔去枯树和老树,檿木柞木全留下。上帝保佑明德之君,犬戎败落周胜利。上天确立周王朝,政权巩固国兴旺。上帝监察岐山,柞木和棫木都拔出来,松木和柏木都长势旺盛。上帝建立周政权赋周疆域,从太伯王季就开始。想起这个王季,孝顺父亲友爱兄弟。友爱兄弟继承王位,天赐周朝好福气,天赐王位荣光显。周朝永久享福禄,拥有天下疆域广。想到这个王季,上帝使他的行为合于法度,使他美德传四方。他的美德足够辨是非,区别善人和恶人,做兄长做百姓君主。统治周朝大国,百姓和顺又团结。等到文王坐王位,他的美德不消减。已经接受了上帝的福祉,又惠及子孙后代。上帝告诫文王:不要专横跋扈,不要有非分企图,要占据有利形势。密国人态度不恭敬,竟敢抗拒周大邦,侵略阮国和共国。文王勃然大怒,于是整顿军队,以阻止密国的侵略军。大大巩固周族福气,天下百姓乐陶陶。周京军队气势强大,从阮凯旋班师回周国。登上我周国的高山,没有军队敢列阵在我国。我周山陵绿苍苍,没人敢饮我周泉,泉水绿池碧油油。规划小山和平原,选址定在岐之南,渭水的岸边。他是万国效仿的榜样,他是百姓的君主。上帝告诫文王:我怀有美好的品德,从不大喊变脸色,遵从古训不变革。不知不觉中,顺应了上帝的法则。上帝告诫文王:与同盟国多商量,与同姓诸侯国多团结。用你的武器装备,用你的攻城战车,讨伐崇国。攻城战车声势旺,崇地的城墙高又厚。抓来的俘虏不断绝,割下的敌耳装成筐。祭祀天神求胜利,招降崇国附属周,四方诸侯不敢侵。攻城战车威力强,崇地的城墙高又长。打击进攻,斩杀顽敌于一空,四方各国不敢抗。

名师释疑

福禄:汉族传统寓意纹样。福分与禄位。

【点评】

这是一首颂诗，是周部族多篇开国史诗之一。朱熹在《诗集传》中说，这首诗叙述了周太王、王季的美德，并叙述了文王讨伐崇国的事件。朱熹的说法比较客观和全面，准确地把握了本诗的主题。

这首诗共分八章，每章十二句，四言为主，有八句五言诗。该诗以叙事为主，抒情性稍差。第二章中出现八句句式相同诗句，使诗歌音韵和谐，形式整齐。最后一章共用六个重言辞，读起来朗朗上口，很有韵律感，仿佛置身于琴瑟声乐的现场。

内容上，前四章重点写太王和王季，后四章写文王，俨然是一部周部族的周原创业史。

第一章先从周太王得天眷顾、迁岐立国写起。周人原先是一个游牧民族，居于今陕西、甘肃境内一带。传说周人的始祖是后稷，后稷自小精通农业，做过帝尧的农师，初步建国，以邰（今陕西武功一带）为都。到了第四代公刘之时，又举族迁往豳地（今陕西旬邑一带），开垦荒地，建筑房屋，部族更加兴旺和发达。到古公亶父（即周太王）时，因受戎狄的侵扰，又迁居于岐山下之周原（今陕西岐山一带），开荒垦田，营建宫室，修造城郭，锻炼军队，发展农业，使周部族日益强大。这一章写的是天命所使，当然是夸张的说法。但尊天和尊祖的契合，正是周人"君权神授"思想的表现。

第二章叙述了太王带领周人开辟农场，修剪树木，种植桑树，通畅道路，打败犬戎的事迹。连用四组排比语句，选用八个动词，罗列了八种植物，生动形象地表现了太王创业的艰辛和豪迈的气魄。

第三章主要叙述文王的父亲王季友爱兄弟，继承王位，得到

名师指津

这首诗内容丰富且形式多样，句式整齐，既有对历史人物的塑造，对历史发展过程的叙述，也有对战争场面的描绘。其中重点描写了文王战密伐崇的两场战争；歌颂了周部族逐渐发展壮大。在王季、文王的带领下不断扩张疆土，为灭商奠定基础。

了上帝的保佑，并强调王季扩大了周部族的疆域领土。

第四章是过渡段，先叙述王季的美德传四方，能辨别是非，区分善恶，顺应民心，是位模范好君主；接着自然写到文王继承王位，并强调上帝赐福给周国，希望子孙万代永享福禄。第五章以后便集中歌颂文王的功绩。

第五章先是写上帝对文王的告诫，即告诉文王不要暴虐狂妄，要奋发图强，要占据有利地位。接着写密人因为态度不恭敬，侵略阮和共国，文王勃然大怒，于是整顿军队讨伐密国。最后还特别强调这是"笃于周祜，以对于天下"的正义行动。

第六章描述周与密的正面交战，写出了周京军队的气势雄壮，表现了周人志在必得的自信心。最后还特别强调了"下民之王"，即天下人民心向往。可见周人对人心向背的重视。

第七章又出现上帝的告诫，再次强调文王的美好品德，"不大声以色，不长夏以革"，对百姓不疾言厉色，遵从祖训不违礼，这样才能顺乎天意享有国家。虽然这里有强烈的"君权神授"的思想，但是也可以看出周人借助上帝的话表达出自己的美德标准。

最后一章写伐密灭崇战争的具体情景。周国用它"闲闲""茀茀"的临车、冲车，攻破了崇国"言言""仡仡"的城墙，最后取得了彻底的胜利，从而"四方无以拂"，四方邦国再也没有敢抗拒周国的了。

生 民

厥①初生民②，时③维姜嫄。生民如何？克④禋⑤克祀，以弗无子⑥。

名师指津

体现了王季的睿智聪明，是当王的人选。诗中用"帝度其心，貊其德音"来体现他显赫的名声和崇高的地位。"比于文王，其德靡悔"一句则体现了他的福德绵长，也为下文写文王做了铺垫。

名师释疑

姜嫄(yuán)：周始祖后稷之母，传说她是感孕而生子。

履⑦帝⑧武⑨敏⑩歆⑪，攸⑫介⑬攸止⑭，载⑮震⑯载夙⑰。载生⑱载育⑲，时维后稷。

诞⑳弥㉑厥月㉒，先生如达㉓。不坼㉔不副㉕，无菑㉖无害，以赫㉗厥灵。

上帝不宁，不康㉘禋祀，居然生子。

诞置㉙之隘巷㉚，牛羊腓㉛字㉜之。诞置之平林㉝，会伐平林。诞置之寒冰，鸟覆翼㉞之。

鸟乃去矣，后稷呱矣。实覃㉟实讦㊱，厥声载路㊲。

诞实匍匐㊳，克岐㊴克嶷㊵，以就㊶口食。

蓺㊷之荏菽㊸，荏菽旆旆㊹，禾役㊺穟穟㊻。麻麦幪幪㊼，瓜瓞㊽唪唪㊾。

诞后稷之穑㊿，有相㊼之道㊼。茀㊼厥丰草，种之黄茂㊼。

实方㊼实苞㊼，实种㊼实褎㊼，实发㊼实秀㊼，实坚㊼实好，实颖㊼实栗㊼，即㊼有邰㊼家室。

诞降㊼嘉种，维秬㊼维秠㊼，维穈㊼维芑㊼。恒㊼之秬秠，是获㊼是亩㊼。恒之穈芑，是任㊼是负㊼。以归肇㊼祀。

诞我㊼祀如何？或舂或揄㊼，或簸㊼或蹂㊼。释㊼之叟叟㊼，烝㊼之浮浮㊼。载谋㊼载惟㊼，取萧㊼祭脂㊼，取羝㊼以軷㊼。载燔㊼载烈㊼，以兴嗣岁㊼。

卬㊼盛于豆㊼，于豆于登㊼，其香始升。上帝居㊼歆，胡臭亶时㊼。后稷肇祀，庶㊼无罪悔㊼，以迄㊼于今。

【注释】

①厥：其。　②民：人，这里特指周人。　③时：是。　④克：能够。　⑤禋（yīn）：一种于郊外举行的野祭仪式，用火烧牲，

> **《名师释疑》**
>
> 先生：初生。先，首先，开始。
>
> 居然：安然。

177

使烟气升天，后引申为祭祀的统称。 ⑥弗无子：除去没有后代的灾难。弗，“祓”的假借字，用祭祀除去灾难。 ⑦履：踩、踏。⑧帝：上帝。 ⑨武：足迹。 ⑩敏：通“拇”，大拇指。 ⑪歆：心有所感的样子。相传姜嫄踩上帝的足迹而生后稷。 ⑫攸：语气助词。 ⑬介：庐舍，这里做动词，在庐舍中。 ⑭止：休息。⑮载：语气助词。 ⑯震：滑利。“娠”，腹动。 ⑰夙：通“肃”，指生活严肃，不再和男子交往。 ⑱生：分娩。 ⑲育：养育。 ⑳诞：句首发语词。 ㉑弥：满。 ㉒厥月：指怀孕的月份。 ㉓达：滑利。 ㉔坼（chè）：裂开。 ㉕副（pì）：劈开。这里形容后稷初生时是肉卵状。 ㉖菑：同“灾”，灾难。㉗赫：显示。 ㉘不宁、不康：指姜嫄因踩上帝的大脚印而怀孕深感不安。 ㉙置：放置。 ㉚隘巷：狭隘的小巷子。㉛腓（féi）：庇护。 ㉜字：哺育。 ㉝平林：平原上的树林。㉞覆翼：张开翅膀覆盖。 ㉟覃（tán）：长。 ㊱讦（xū）：大。㊲载路：充满道路。 ㊳匍匐：伏地爬行。 ㊴岐：意识。㊵嶷：幼小聪慧。 ㊶就：接近。 ㊷蓺（yì）：种植。㊸荏菽（rěn shū）：大豆。 ㊹旆（pèi）旆：指大豆长势旺盛。㊺禾役：即“禾颖”，指禾苗的穗子。 ㊻穟（suì）穟：谷穗下垂的样子。 ㊼幪幪：茂密覆地。 ㊽瓞：指小瓜。㊾唪（běng）唪：结实累累的样子。 ㊿穑（sè）：收获，这里泛指农业种植。 (51)相：帮助。 (52)道：方法。(53)茀（fú）：除去。 (54)黄茂：指黍、稷农作物的好种子。黍、稷两物的果实是黄色。 (55)方：谷物的种子刚刚发。 (56)苞：谷物将要长出小苗，但苗还未破土。 (57)种：谷物生出短苗。

㊽诱(yòu)：禾苗渐渐长高。　㊾发：指禾茎的发育舒展开。　㊿秀：开始结穗。　㉛坚：禾穗坚实。　㉜颖：指谷穗下垂的样子。　㉝栗：谷粒众多。　㉞即：到。　㉟有邰(tái)：古地名，在今陕西，传说后稷封于此地。　㊱降：指上天的赐予。　㊲秬(jù)：黑黍。　㊳秠(pī)：黍的一种，一个黍壳中含有两粒黍米。　㊴穈(mén)：一种赤苗好谷子。　㊵芑(qǐ)：一种白苗好谷子。　㊶恒：同"亘"，遍。　㊷获：收获。　㊸亩：堆在地里。　㊹任：挑起。　㊺负：背起。　㊻肇：开始。　㊼我：指周人。　㊽或：有的人。　㊾揄(yóu)：舀，从臼中取出舂好的米。　㊿簸：扬米使去糠皮。　㉛蹂(róu)：通"揉"，用手搓米。　㉜释：淘米。　㉝叟叟：淘米的声音。　㉞烝：同"蒸"。　㉟浮浮：热气沸腾的样子。　㊱谋：计划。　㊲惟：思考，考虑。　㊳萧：香蒿。　㊴脂：牛油脂。古时祭祀，拿香蒿和牛油合烧，取其香气升天。　㊵羝(dǐ)：公羊。　㊶軷(bó)：指剥去羊皮。　㊷燔(fán)：把肉放到火里烤。　㊸烈：把肉串到架子上烤。　㊹嗣岁：来年。　㊺卬：我，我们。　㊻豆：古代一种盛肉的高脚容器。　㊼登：盛肉汤的食器。　㊽居：安然。　㊾歆：享用。　㊿胡臭亶(xiù dǎn)时：为什么香气诚然如此好。臭，香气。亶，诚然，确实。时，善，好。　㉛庶：庶几，差不多。　㉜罪悔：指罪过。　㉝迄：现在。

【翻译】

　　周民始祖是谁生？就是姜嫄娘娘。怎样生下周始祖？祭祀禖神求神佑，除去周国无子患。踩到上帝拇指印，来到庐舍休养生息。

怀孕妊娠，分娩养育，平安生下后稷。怀孕足月时间满，初生下来胞衣裹。胞衣不裂又不破，后稷无灾又无害，显出灵异和吉祥。上帝原来心不宁，姜嫄心慌祭祀忙，结果居然生儿郎。新生婴儿弃小巷，牛羊庇护来哺育。新生婴儿弃平林，恰好遇到伐木人。新生婴儿弃寒冰，鸟儿张开翅膀覆盖他。鸟儿飞走离开后，后稷呱呱哭叫开。哭声长来声又响，声满道路强有力。后稷刚刚学会爬，十分聪明又乖巧，能够自己找口食。稍长之后种大豆，大豆累累真丰收，禾穗丛丛收成好。麻与麦来满地长，大瓜小瓜真饱满。后稷种庄稼是好手，有帮助人民的好方法。除去地中的杂草，种上品质优良的好谷种。谷禾种子发芽后长小苗，禾苗由短渐变高，禾茎舒展又结穗，禾穗坚实又饱满，谷穗下垂谷粒多。迁到有邰筑家室。上帝关怀赐好种，秬子秠子既都见，红米白米也都全。种植秬子秠子好，收获多多堆地里。红米白米遍地生，扛着背着运满仓。忙完农活祭祖先。周人的祭祀怎么样？有人舂米有人舀，有人搓米有人扬糠。淘米声音叟叟响，蒸米的声音浮浮叫。祭祀大事同商量，牛脂香蒿一起烧，拿来公羊剥去皮。又烧又烤供神享，祈求来年更兴旺。我把祭品放容器，盛肉盛汤都用端上，香气马上升上天。上帝安然来享用，为什么香气这样好？后稷开创祭祀礼，祈神保佑无罪过，至今流传好风尚。

【点评】

　　这是一首周人叙述其民族始祖后稷事迹的叙事长诗，具有周族史诗的性质。学者程俊英认为，后稷生在上古的原始社会，处于母系氏族制，男女关系不固定，人们只知有母而不知有父，<mark>后稷的母亲姜嫄感孕而生的传说，正是这种历史事实的反映。</mark>

本诗共八章，每章八到十句。十句章与八句章以前后交替的方式构成全篇，除首尾两章外，各章皆以"诞"字领起，格式严谨。从表现手法上看，它铺陈直叙，叙述生动详细，纪实性很强。

第一章写姜嫄灵异地受孕和生子。姜嫄祈祷神灵祭祀主管生育的禖神，乞求生子。当她踩到上帝的大脚印后，便怀孕了，十月怀胎生下了周始祖后稷。姜嫄感孕而生，无疑让后稷的出生蒙上了一层神秘的色彩，表现出远古先人对天神的崇拜。

第二章、第三章写后稷的诞生与屡弃不死的灵异。此篇对他三次遭弃又三次获救的经过情形叙述十分细致。第一次被遗弃到小巷中，有牛羊来哺育他；第二次被遗弃到树林中，砍柴的樵夫救了他；第三次被遗弃到寒冰上，有大鸟张开翅膀保护他。大鸟飞走后，后稷才如同卵生一般打破胞衣呱呱而哭，哭声载满整个道路。响亮的哭声，预示着后稷将来辉煌的功绩。长篇叙述后稷被遗弃，是原始民众为了显示周始祖有神保佑的特异能力而虚构出来的神话传说。这增加了诗歌的神秘色彩和文学性。

第四至第六章写后稷有开发农业生产技术的特殊禀赋，他自幼就表现出这种超卓不凡的才能，他因有功于农业而受封于邰，他种的农作物品种多、产量高、质量好，丰收之后便创立祀典。这几章包含了丰富的上古农业生产史料，其中讲到的农作物有秬、麻、麦子、瓜、秬、秠、穈、芑等。对植物生长周期的观察也很细致，发芽、出苗、抽穗、结实，一一都有描述。而对除杂

名师指津

"后稷虽是传说中的人物，但写他从事农业生产的情况，也反映了我国古代农业发达的事实。"《诗经译注》一书作者程俊英先生的这一论断非常符合诗意。

草、播良种的重视，尤其引人注意。这说明周民族已经开始成为以农耕为主要生产方式的民族。诗中用了"旆旆、穟穟、幪幪、唪唪"等叠音词，增加了诗歌中活泼富于欢乐的气氛；五个"实……实……"的连用，让农作物的生长动态化，非常富有表现力。

诗的最后两章，承第五章末句"以归肇祀"而来，写后稷祭祀天神，祈求上天永远赐福，而上帝感念其德行业绩，不断保佑他并将福泽延及他的子子孙孙。诗中对祭祀前的准备和祭祀时的情况有具体描写，我们得以看到周初祭祀的场景，有非常宝贵的史料价值。

公 刘[①]

笃[②]公刘，匪居匪康。乃埸[③]乃疆，乃积[④]乃仓[⑤]，乃裹糇粮[⑥]。于橐[⑦]于囊，思[⑧]辑[⑨]用光[⑩]。弓矢斯张[⑪]，干[⑫]戈戚[⑬]扬[⑭]，爰[⑮]方[⑯]启行。

笃公刘，于胥[⑰]斯原[⑱]。既[⑲]庶[⑳]既繁，既顺[㉑]乃宣[㉒]，而无永叹[㉓]。陟则在巘[㉔]，复降在原。何以舟[㉕]之？维玉及瑶[㉖]，鞞[㉗]琫[㉘]容刀[㉙]。

笃公刘，逝[㉚]彼百泉，瞻彼溥[㉛]原；乃陟南冈，乃觏[㉜]于京。京师[㉝]之野，于时[㉞]处处[㉟]，于时庐旅[㊱]，于时言言[㊲]，于时语语。

笃公刘，于京斯依[㊳]。跄跄[㊴]济济[㊵]，俾[㊶]筵[㊷]俾几[㊸]。既登乃依，乃造其曹[㊹]。

执豕[㊺]于牢[㊻]，酌[㊼]之用匏[㊽]。食之饮之，君[㊾]之宗[㊿]之。

笃公刘，既溥既长，既景[51]乃冈，相其阴阳[52]，观其流泉。其军三单[53]，度其隰原[54]，彻田[55]为粮。度其夕阳[56]，豳居允荒[57]。

名师释疑

陟：登上。

笃公刘,于豳斯馆㊾。涉渭为乱㊾,取厉㊿取锻㊿。止㊿基㊿乃理㊿,爰众㊿爰有㊿。

夹其皇涧㊿,溯其过涧㊿。止旅乃密㊿,芮鞫之即。

【注释】

①公刘:后稷的后代,周祖人的首领。 ②笃:忠厚实诚。 ③埸(yì):田界。 ④积:露天堆积粮食的地方。 ⑤仓:仓库。 ⑥糇粮:干粮。 ⑦橐(tuó):指盛物的袋子。 ⑧思:句首发语词,无实意。 ⑨辑:和睦团结。 ⑩光:形容词的意动用法,认为光荣。 ⑪张:准备好。 ⑫干:盾。 ⑬戚:斧。 ⑭扬:大斧头,又名"钺"。 ⑮爰:于是。 ⑯方:开始。 ⑰胥:考察、视察。 ⑱斯原:这块平原。 ⑲既:又。 ⑳庶:指人口多。 ㉑顺:指民心归顺。 ㉒宣:指心情舒畅。 ㉓永叹:愁眉苦脸的叹息。 ㉔巘(yǎn):小山。 ㉕舟:佩带。 ㉖瑶:美玉的一种。 ㉗鞞(bǐ):刀鞘。 ㉘琫(běng):刀鞘口上的玉饰。 ㉙容刀:装着刀。 ㉚逝:前往,到。 ㉛溥(pǔ):广大。 ㉜觏:查看。 ㉝京师:专指帝王居住的地方。 ㉞时:同"是"。 ㉟处处:居住。 ㊱庐旅:指宾馆旅社。 ㊲言言:指人们谈笑乐融融。后文中的"语语"同此义。 ㊳依:就地建房。 ㊴跄跄:行走有节奏的样子。 ㊵济济:庄敬的样子。 ㊶俾:使。 ㊷筵:铺在地上坐着的席子。 ㊸几:席子上的小桌子,用来依靠或者放食物。 ㊹曹:祭猪神。 ㊺豖:大猪。 ㊻牢:指猪圈。 ㊼酌:斟酒。 ㊽匏(páo):

《名师释疑》

芮鞫(ruì jū):二者连用,泛指水边。通"汭",水边向内凹处。鞫,水外之地。

葫芦，这里指葫芦制成的瓢。 ㊾君：做动词，当君主。 ㊿宗：做动词，当祖主。 (51)景：同“影”，古人依靠太阳正方向。 (52)阴阳：指山之南北。古人认为山之南是阳，山之北是阴。 (53)三单：指分三支军队。 (54)隰（xí）原：低平潮湿之地。 (55)彻田：周人管理田地的制度。 (56)夕阳：指山的西面。 (57)荒：广大。 (58)馆：房屋，这里用做动词，建筑房屋。 (59)乱：横流而渡。 (60)厉：指磨刀石。 (61)锻：锻铁的砧石。 (62)止：居。 (63)基：基地。 (64)理：治，指治理。 (65)众：指人口众多。 (66)有：指人口富足。 (67)皇涧：豳地涧水的名字。 (68)过涧：豳地涧水的名字。 (69)密：人口繁多。

【翻译】

忠厚老实的公刘，不求居住的安乐。划分田界把地分，收获粮食放进仓，背起粮食去远游。大袋小袋都装满，和睦团结是荣光。张弓带箭齐武装，盾戈斧钺拿手中，这才启程向前去。忠厚老实的公刘，到这快平原来考察。这里人口众多，民心归顺，百姓快乐。登上小山，下到平原。拿什么佩戴装饰？玉瑶琳琅，刀鞘玉饰亮闪闪。忠厚老实的公刘，来到泉水边，看那广阔的平原；于是登上南山，看到了京地。京师郊外处处好，在此建都真美好，规划房屋来居住，有说有笑喜融融，又说又笑乐悠悠。忠厚老实的公刘，定都京师建房屋。犒赏群臣有威仪，赴宴入席招待忙，安排宾主都坐好，先祭猪神求保佑。猪圈抓猪做好菜，再用瓠匏斟美酒。酒足饭饱兴致好，大家推选公刘做君主。忠厚老实的公刘，开垦土地广又长。确定方位与山丘，测量山南和山北，观察水源和水流。军队划分为三支，

名师指津

这首诗写的是公刘从北豳迁豳之后开创疆业的过程，并用具体的场景刻画来展现人物形象，展现了一位深谋远虑、具有进取和创新精神的古代英雄的形象。

考察地平潮湿地，遵守砌田来种粮。又到山西去丈量，豳地确实大又广。忠厚老实的公刘，到豳地建筑房屋。横渡渭水，开采石头。居住地区治理好，人口众多又富足。住在皇涧两岸边，面向过涧视野好。定居人口渐增多，又向汭水以外求发展。

【点评】

此篇上承《大雅·生民》，下接《大雅·绵》，构成了周人史诗的一个系列。《生民》写周人始祖后稷在邰从事农业生产，此篇写公刘由邰迁豳开疆创业，而《绵》诗则写古公亶父自豳迁居岐下，以及文王继承余烈，使周之基业得到进一步发展。这三篇诗歌应该相互参照着看。

全诗共六章，每章十句，且每章都以"笃公刘"开头，诗歌形式整体比较整齐。

第一章写公刘带领周人划分田地种庄稼，丰收的粮食堆进粮仓，但他并没有安于现状，而是准备好干粮，拿着着弓箭斧盾，团结周人，向豳地出发。

第二、三章描写到达豳地后，公刘不辞辛苦地考察原野土地状况，发现京师地段最好，于是开始定居建房、建设新邦。

第四章写京师建好后，公刘宴请群臣以及祭祀的情景。宴前祭祀猪神求吉祥，群臣酒足饭饱心满意足，最后推选公刘做君长。

第五章写公刘把军队分为三班，测量土地扎下营房，周族有了军事上的保障，接着再次开疆拓土，扩大了豳地的范围。

第六章写公刘带领周人开采石料，制作锤石和磨刀石，物资

诗经选译

名师指津

河道两边都住满了人,周族的人口越发兴旺。

充足,百姓欢喜。整首诗中,形象地塑造了公刘这位人物形象。他深谋远虑,具有开拓进取的精神。同时也写了民众,写了公刘与民众之间齐心协力、患难与共的关系。诗云:"思辑用光。"又云:"既庶既繁,既顺乃宣,而无永叹。"大意是说他们思想上团结一致,行动上紧紧相随,人人心情舒畅,没有人在困难面前唉声叹气。"于时处处,于时庐旅,于时言言,于时语语",诗人用了一组排比句,赞颂人们在定居以后谈笑风生的生动场面。

名师赏析

《雅》中的一部分诗歌与《风》类似,但是其中最为突出的是关于战争和劳役的作品。其中比较富有代表性的作品《采薇》就是以一个戍边将士的口吻讲述了战争的残酷,突出体现了将士们强烈的思乡之情。周朝是一个农业文明盛行的时代,人们普遍追求稳定的生活、和平的农耕环境,因此诗作中多表现出对战争的不满,对和平的向往。《雅》中也不乏对当时统治者的讽刺,《节南山》就是讽刺周幽王任用奸臣疏远贤良,使得政局动荡,国家灾祸不断的诗作。这些怨刺诗的作者虽然也是统治阶级的一员,但是他们的地位比较低下,处于统治阶级的最下层,所以诗作中不但带有忧国忧民的情感,而且感叹自身遭遇,揭露当时政治的黑暗。我们在研读诗歌的同时也能深切感受到古代下层人民被统治阶级盘剥欺压的苦难和他们奋起反抗的精神。

学习借鉴

好词

鼓瑟吹笙　天伦之乐　杨柳依依　赫赫威名　来势汹汹

好句

* 呦呦鹿鸣，食野之苹。
* 妻子好合，如鼓瑟琴。
* 正月繁霜，我心忧伤。
* 彼月而微，此日而微；今此下民，亦孔之哀。
* 矢于牧野，维予侯兴，上帝临女，无贰尔心。

思考与练习

1. 《鹿鸣》是一首用于什么方面的诗歌？表达了作者什么样的思想感情？

2. 《常棣》中诗歌的第一章以什么起兴？吟咏了什么？

3. 《节南山》是一首怨刺诗，这首诗讽刺了哪位君主的哪些恶行？

4. 《十月之交》中"天命不彻，我不敢效我友自逸。"这句诗是什么意思？

5. 《文王》这首诗歌颂了哪位贤明的君主？歌颂了他的什么功绩？

诗经选译

颂

> **名师导读**
>
> 《颂》包括《周颂》《鲁颂》和《商颂》三部分，其主要是周王和诸侯用于一些重大典礼或是祭祀的乐歌，它的主题多表现为宣扬天命，歌颂先祖的功德，但是也有一些描写农业生产的诗歌。

臣 工①

嗟嗟②臣工，敬尔在公。王③厘④尔成⑤，来咨⑥来茹。

嗟嗟保介⑦，维莫⑧之春，亦又何求？如何新畬⑨？

於⑩皇⑪来牟⑫，将受厥⑬明。明昭上帝，迄用康年。

命我众人：庤⑭乃钱⑮镈⑯，奄⑰观铚⑱艾⑲。

名师释疑

茹：估计。

【注释】

①臣工：大臣百官。　②嗟嗟：叹词。　③王：周王。　④厘：通"赉"，给予，赐予。　⑤成：收成。　⑥咨：询问。　⑦保介：侍卫。　⑧莫：同"暮"。　⑨新畬（yú）：开垦了两年和三年的熟田。　⑩於（wū）：感叹词。　⑪皇：大。　⑫来牟：大小麦的统称。　⑬厥：它的。

⑭庤（zhì）：储备。　⑮钱（jiǎn）：铁铲。　⑯镈（bó）：古代锄一类的农具。　⑰奄：滞留。　⑱铚（zhì）：一种短镰刀。　⑲艾：通"乂"，亦作"刈"，割。

【翻译】

　　文武百官诸大臣，担任公职要严谨。周王赐予你收成，你们要询问又估量。你们还有何要求？如何对待新旧田？麦子苗壮长势好，秋来一定收获丰。圣明睿智我苍天，一直赐予好年岁。命令我的老百姓，预备农具要齐全。待到来日好收割。

【点评】

　　本诗《周颂·臣工》的主旨，《毛诗序》云："诸侯助祭遣于庙也。"是周成王于春耕时节在藉田实行祭祀，并对农官进行训勉、祈求丰年时所唱的歌。

　　周朝处于农业时代，以农业为立国之本，非常重视农业生产。周朝时期，周王拥有一片土地由农奴耕种（即"藉田"）。在每年春天，周王带领群臣到田地里去象征性地耕种几下，"亲耕劝农"，以表示以身作则，对农业的重视，这就是所谓的"藉田礼"；并且，在收割时节，周王也要去视察；同时，对农业的重视还表现在在开耕之前以及丰收之后，都要对掌管农业的"社稷之神"（即土神和谷神）进行祭祀，祈祷丰年，向神明致谢。

　　本诗一共十五句，是周王对群臣的训诫。他希望百官能够严谨地对待公事，仔细钻研耕作法度；忠于职守，早早应对即将到来的春耕事宜；祈祷庄稼苗壮生长，秋来获得好收成；提前感谢上苍赐予丰收，并训导百姓备齐农具，做好收割准备。

噫 嘻①

噫嘻成王②，既昭假③尔④。率时⑤农夫，播厥⑥百谷。骏⑦发⑧尔私，终三十里。亦服⑨尔耕，十千维耦⑩。

名师释疑
私：私田。

【注释】

①噫嘻（yī xī）：感叹声。 ②成王：周成王。 ③昭假（gé）：招请。昭，同"招"。假，通"格"。 ④尔：句末语气词。 ⑤时：这。 ⑥厥：那。 ⑦骏：迅速。 ⑧发：开发。 ⑨服：从事。 ⑩耦：两个人在一起耕地。

【翻译】

成王向天诚祷告，招来诸位天神助。率领着我这些农夫，播种下各色谷物。迅速开发出私田，在这三十里平原。共同从事着这耕作，万人合作齐劳作。

【点评】

《噫嘻》同《臣工》一样，同是关于农业生产的颂歌。《毛诗序》云："《噫嘻》，春夏祈谷于上帝也。"这两首诗是周成王在行"藉田礼"时的训导之歌。

周成王向天上诸神虔诚地祈祷。他勉力农夫尽快播种百谷，迅速开发私田，共同合作齐劳动，反映了周初的劳动状况和鼓励开发私田的制度。

良 耜

畟畟①良耜，俶载南亩。播厥百谷，实函斯活。

或②来瞻女③，载筐及筥④，其饷⑤伊黍。

其笠⑥伊纠⑦，其镈⑧斯赵⑨，以薅⑩荼蓼⑪。

荼蓼朽止⑫，黍稷茂止。获之挃挃⑬，积之栗栗⑭。

其崇⑮如墉⑯，其比⑰如栉⑱。以开百室，百室盈止，妇子宁止。

杀时⑲犉牲，有捄⑳其角。以似以续，续古之人。

【名师释疑】

伊：是。

犉（rún）：黄毛黑唇的黄牛。

【注释】

①畟（cè）畟：锋利的样子。　②或：有人。　③女：同"汝"，你们。　④筥（jǔ）：圆形的竹筐。　⑤饷（xiǎng）：送到田里的饭菜。　⑥笠：用竹篾编的遮风挡雨的帽子。　⑦纠：缠绕。　⑧镈（bó）：一种锄类农具。　⑨赵：通"掉"，撬的意思。　⑩薅（hāo）：除草。　⑪荼蓼（tú liǎo）：泛指田野间的杂草。　⑫止：语气助词。　⑬挃（zhì）挃：象声词，收割庄稼的声音。　⑭栗栗：众多。　⑮崇：高。　⑯墉：城墙。　⑰比：排列。　⑱栉：比喻像梳齿那样密集排列着。　⑲时：是、这。　⑳捄（jiù）：兽角弯曲的样子。

【名师指津】

从诗中可以看出，当时社会农奴所使用的耒耜的犁头及镈，已经是用金属制作而成的了，这是古代农业的进步。

【翻译】

犁头锋利，开垦那南边田地。播种百谷，粒粒饱满。有人来看你们，带来竹筐带着饭。头戴竹斗笠，挥舞锋利的锄，除掉那杂草。杂草都腐烂，庄稼很茂盛。收获庄稼霍霍响，谷物多得积

191

成堆，像高高的城墙，密密麻麻排列着，开启所有的仓库。个个仓库都装满，妻子孩子心才安。杀掉公牛来祭祀，公牛犄角弯弯。效法前人祭古人，祭祀传统永延续。

【点评】

《毛诗序》云："《良耜》，秋报社稷也。"这首诗是《诗经·周颂》里的农事诗。诗中一共展现了三个场景：春季耕耘，秋季收获，冬季祭神。该诗具有十足的画面感，从中可以体会到劳动的喜悦、丰收的喜悦，人们集体劳动时其乐融融的情绪，他们忙得热火朝天，不亦乐乎，个个都心满意足，体会着生活的美好。

名师赏析

《颂》是《诗经》的一部分，其中大都是祭祀乐章、颂歌和追述先祖之作，但是也不乏描述农业生产的诗歌，本章节选的便是几首有关农业生产的诗歌，可见当时的统治者对农业生产的重视。例如《臣工》中，周王不但勉励群臣辛勤工作，而且还制定了相关的一系列政策。例如《噫嘻》，主要讲述了周王祭拜了上天、先公、先王后，亲自率领官员和农民百姓耕种的情景，从而勉励百姓辛勤劳作，好好务农。可见当时的周朝以发展农业为立国之本。因此我们在研读诗作的同时更要好好体会我国古代劳动人民的勤劳和智慧。

> **学习借鉴**

好词

康年　骏发　饱满　茂盛　密密麻麻

好句

* 嗟嗟臣工，敬尔在公。

* 命我众人：庤乃钱镈，奄观铚艾。

* 率时农夫，播厥百谷。

* 获之挃挃，积之栗栗。

思考与练习

1. 诗歌《臣工》的主旨是什么？

2. 《噫嘻》中"骏发尔私，终三十里。"这一句诗作何解释？

3. 通过《良耜》这首诗，我们可以了解到农耕的哪三个场面？